这个世界 我爱过

王小艾 著

让生活如诗
年华不老
让岁月如歌
幸福拥抱
人生潮起又潮落
即使有风暴
我依然灿烂微笑
四季花开又花谢
即使芳华不在 我依然留着爱

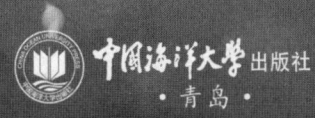

中国海洋大学出版社
·青岛·

图书在版编目（CIP）数据

这个世界我爱过 / 王小艾著. — 青岛：中国海洋大学出版社，2023.6
ISBN 978-7-5670-3426-6

Ⅰ. ①这… Ⅱ. ①王… Ⅲ. ①散文集—中国—当代 Ⅳ. ①I267

中国国家版本馆CIP数据核字（2023）第108597号

ZHEGE SHIJIE WO AIGUO
这个世界我爱过

出版发行	中国海洋大学出版社
社　　址	青岛市香港东路23号
邮政编码	266071
出 版 人	刘文菁
网　　址	http://pub.ouc.edu.cn
电子信箱	1922305382@qq.com
订购电话	0532-82032573（传真）
责任编辑	曾科文　周佳蕊　　　电　话　0898-31563611
印　　制	北京建宏印刷有限公司
版　　次	2023年6月第1版
印　　次	2023年6月第1次印刷
成品尺寸	170 mm × 240 mm
印　　张	14.75
字　　数	203千
印　　数	1—1500
定　　价	78.00元

如发现印装质量问题，请致电13391562765调换。

序

多年以前，到武夷山采风时认识了王小艾，读她发表的一些作品，觉得不错，在推荐加入省作协的表格签上名字，成了她的入会介绍人。此后，除偶然互读作品外，许久未联系，也算是亦师亦友许多年了吧。这次，她又要出书，通过朋友联系我，发来了书稿，是散文集，想让我给写个序。我答应了，就认真读她的书稿，写下了这些文字。

有朋友说，王小艾以泥土一样质朴的文字，阳光一样温暖的篇章，如诗如画般的意境，串成善良美好的世界。这话说得颇到位。

可以说，王小艾是在用一颗善良的心发现着美，用诗意的文字串起了美。比如，她写《故乡的地瓜》，没有大起大落的情节，没有激烈的转折，有的只是平缓地、倾心地讲述着山区农村种植地瓜的场景，以及地瓜丰收后，当时生产队分地瓜的细节和乡亲馈赠地瓜的情谊。她描述出了一幅明媚的山村生活场景，那些善良纯朴的乡亲形象跃然纸上，伸手可触。她没有在文中说贫穷、说温饱等问题，但那些关于地瓜的文字，还是能让人读出一些生活的感喟。王小艾的诸多叙事散文基本就是这样的写法：以清新自然的文笔娓娓诉说，朴素而真切，读起来虽轻松灵动，却也有较厚重的生活质感。

王小艾散文还常有一些思辨色彩。在《贵草和野草》一文中，她运用对比手法，将贵草与野草一番对比，得出：野草虽普通，却更经得起岁月的洗礼。小草分贵贱，人分三六九。人们拼命追求着不属于自己的东西，把自己打造得面目全非，反而失去了自我。尊重自然，尊重规律，尊重生命，就是尊重自我。

王小艾的散文多数关心着普通人、普通事。比如，她选取了小猫、小狗、小鸟、野花、野草，以及骑黄包车的人、补鞋女人等这些大家非常熟悉的元素，切入点很小，叙写成文，低微却亲切，让读者消除了阅读隔膜。自然，她又常常能够从小处着眼，以小见大地表达自己的感悟与思考，能够让人感觉有生活的厚重感在文字间流淌着。比如《悲哀的鸟》一文中，对那一群老人养鸟为伴的文字描写细致入微，轻松愉悦，细读却能够感悟到这只是她文字的外表，在明丽艳阳后面，还隐藏着对留守老人以及不幸失独人群等社会问题的关注与思考。

据说，年轻读者总说王小艾的散文亲近着他们，他们读王小艾的散文颇有亲近感，所以都爱读她的作品。这种亲近感，来自她那种很接地气的、促膝谈心式的写作风格。聊着诸多青春话题，年轻读者会从娓娓道来、平实又不失韵味的文字中获得亲近感。我感觉，王小艾一些散文有诗意般的文字，也展现和表明了某种生活态度和优雅的生活姿态，容易引起共情、共鸣。

还有一点特别想说，那就是读王小艾散文，感受到了这一种难得的静气。她写作的内容很生活化，介入世俗生活颇深，社会上方方面面的人、大大小小的事，她都关注着，投入了热情，这样的写作更易显得热闹，而更不易显出静气。可我们细读王小艾的文字，就是能感觉到一种静，这很难得。

这静气从哪里来的呢？来自一颗善良的心！星云法师说"要净心，常三好"——做好事、说好话、存好心，这是人的日常修行和做到内心宁静的基本的，也是高妙的法门。人的身、口、意皆为内心的体现，"三好"既是内心宁静的表现，又是不断促进内心宁静的法门。王小艾做了不少慈善事业，常做好事、常说好话、常存好心，自然就能够内心安宁、有静气。她散文中那些励志一类的文字，可以说就是她存着好心、说着好话的一种文字表达。她诚心想帮助年轻读者以文修炼、以文修心，让年轻朋友记住，人生最可贵、最难得的是有静气！让年轻朋友学会调节和安放自己的心灵。宁静，只是内心的井然有序。

是为序。

少木森
2022年10月10日

（少木森，福建省技师学院教授，福建省作家协会会员）

目录

1 / 悲哀的鸟

4 / 残荷美韵

6 / 放松如一叶悠然小舟

9 / 感谢窗前的桂花树

12 / 故垒萧萧芦荻秋

15 / 故乡的地瓜

19 / 贵草与野草

21 / 怀念稻田蛙鸣声

24 / 吉祥

27 / 家有书房

29 / 落叶遐想

31 / 茉莉花开

33 / 骑黄包车的老人

35 / 秋高气爽访韶山

38 / 雀儿声声

42 / 山野的杜鹃花

45 / 善良的黄包车司机

47 / 生命中有野草相伴

49 / 我愿做一棵乌桕树

52 / 无名草

53 / 想起那把雨伞

55 / 像树一样站立

57 / 馨香的苦艾

59 / 杨梅为什么这样红

62 / 一个补鞋女人

65 / 一枚小分币

67 / 一盆玉蕊满堂春

69 / 油岩山览胜

71 / 郁郁层峦夹岸青

74 / 栀子花香

76 / 粽香悠悠

79 / 茶香袅袅

82 / 沉醉大历溪

85 / 桂香缕缕

87 / 好友之交一杯茶

89 / 荷

91 / 怀念故乡的小溪

93 / 乐在山水间

95 / 思念故乡的山

97 / 我敬畏文字

99 / 乡间情思

101 / 野菊花

103 / 恋竹

106 / 把微笑养成习惯

110 / 保持谦和

113 / 不把自己看太重

116 / 不浮躁才能不平庸

118 / 不要抱怨

121 / 不要太在意别人的看法

124 / 不要太在意别人的评价

127 / 常怀感恩之心

131 / 处事保持淡定

133 / 放下烦恼才能快乐

136 / 锋芒毕露要有度

139 / 给予其实就是收获

142 / 给自己一条绝路

145 / 赚钱要懂得花钱

148 / 嫉妒之心不可有

151 / 将成败归零

154 / 接受不完美

156 / 看淡名利

159 / 临财毋苟得

163 / 每天给自己一个希望

166 / 莫要盲目地与人攀比

169 / 耐住寂寞

171 / 平易近人

174 / 求人不如求己

177 / 让脆弱的生命散发光芒

179 / 人生路上需坚强

182 / 善举才有善报

184 / 适应不公平

187 / 想气质不凡多读书

189 / 想要成功必须自信

192 / 学会宽容

195 / 学会欣赏他人

198 / 拥有好人品

201 / 勇于吃亏就不亏

203 / 用平常心态看得失

205 / 欲望可有，不可贪婪

207 / 远离小人避免伤害

210 / 知足才能感受幸福

213 / 做好一件事

216 / 桂花飘香

217 / 无名草的愿望

218 / 这个世界我爱过

219 / 跋

悲哀的鸟

春暖花开时节，我到山上踏青，各种树木张开绿油油的叶片，嫣红的杜鹃、白色的栀子花在绿叶的衬托下，显得清新爽目。走到半山腰，有一条小路，十几位白发苍苍的老人排成一排，各自坐在一方小板凳上，他们的面前是一排树，树上挂着一排鸟笼。鸟笼里装着不同种类的鸟，画眉、杜鹃、鹦鹉、黄鹂……它们的羽毛五颜六色，真美！老人，有的闭目养神，有的大声交谈着，他们的说话声和叽叽喳喳的鸟叫声混合在一起，给这片幽静的青山带来了几分喧闹。

我在农村时，见过许多不知名的小鸟，它们在枝头欢呼跳跃：有的翘着红红尖尖的长喙，有的身上披着黑里夹白的羽毛，有的头上点缀着玫瑰红的冠，有的曳着长长的黑色的尾巴，有的飞起来展示着斑斓的花彩，有的眼圈白色并向后延伸成狭窄的眉纹，有的高踞枝头，玉树临风的样子真让人疼爱。

看到这些笼中鸟，我的心便像是被电击一样，一阵战栗，觉得这些精灵是那样的孤独，被人为地夺去了自由，多么的可怜啊！

笼中鸟有气无力地站在笼内的横杆上，有的在方寸的笼子里无聊地走来走去，有的站在杆上打瞌睡，我想这笼中鸟定是受了樊笼的束缚，失去了天真活泼的本能。我还惊奇地发现，这些笼中鸟叫起来嗓音低沉而轻浊，不像我在农村时听到的鸟叫声，是那么清脆悦耳。

一位老人说："鸟待在笼里，当然没有那些飞在天空中的鸟叫声好听了。"我打量了一下他笼里养的鸟，是一只珠颈斑鸠，蓝灰色圆圆的头，脖颈间的白毛夹着黑色的斑点，仿佛小姑娘围着的一条小花巾，上背为褐色，尾端为蓝灰色，嘴为暗黑褐色，脚为紫红色，长得确实漂亮。我便盯着它，吹着口哨逗它唱歌，但它似乎对我的口哨一点也不感兴趣，引不起它的激情，两只橘黄色的眼睛好奇地直盯着我看。我用手拍了拍笼子，它惊恐地转动两下像花围巾似的脖子，终于一展歌喉。不听声音还好，一听它的声音，让我大失所望，那是一种怎样的声音啊，发出的声音就像是打饱嗝，咕咕两声就停止了。可以看出笼中鸟一点都不快乐！

这些鸟本应该无拘无束地生活在蓝天之中，自由自在地翱翔在广阔的天地间，可是却被关在了笼子里。我有点恨这些养鸟人，为什么要把自己的欢乐建在鸟的痛苦之上啊！可是老人们的一番话，让我又同情起他们来了。这些养鸟的老人儿女都在外地工作，有的在北京，有的在天津，有的在上海，还有的出国去大展宏图了。有的和子女几年难得见上一面，有的十多年没见到儿女了，只有这些笼中鸟和他们相依相伴。老人们说："如果没有鸟和我们做伴，我们会很孤独，日子不知道该怎么过下去了！"

老人们说话时声音也像笼中鸟一样低沉，我很明显地看到他们的眼眶发红，欲哭无泪的样子是多么的辛酸啊！

听了老人们的话，我记起小时候父亲给我讲过的一个关于鸟的故事：燕子夫妻生有四个儿女，为了把它们养大，无论是刮风还是下雨，燕爸爸和燕妈妈都要冒着风雨去找食物，一口一口地喂小燕子，含辛茹苦把它们养大后，又教它们如何飞翔觅食。燕子在冬天来临之前总要进行每年一度的长途旅行——成群结队地由北方飞向遥远的南方，去那里享受温暖的阳光和湿润的天气。可是，在它们飞往南方的旅途中，必须经过一条大江，因燕妈妈和燕爸爸都老了飞不过江去，小燕子兄妹先是抬着父母飞，可是飞到江中，感到太累了，它们就把父母丢到江里，自己飞到南方去。到了春天，这些小燕又从南方飞到北方来。生儿育女后，它们又要飞到南方去过冬。过江时，它们的子女也把它们丢到江里去。

我听完这个故事后，很不喜欢小燕子，认为它们是忘恩负义，把父母丢到江里。可是，我看到现实中的这些老人，他们的子女，不也把父母丢在家里不管不顾吗？和燕子对待父母的做法是多么的相似啊！

　　我想，这些养鸟老人的儿女，有一天也得老去，他们会像这些老人一样孤独，也得养鸟为伴吗？我思考着这个问题，久久不能释怀。

2013年4月11日

残荷美韵

初冬时节，我应邀到一个自然村采风。去之前，我浮想联翩，心中勾勒出这样一个画面：金灿灿、沉甸甸的稻谷垂满田野，小鸡成群在地头觅食，鸭子在水中嬉戏，村民们脸上洋溢着丰收的喜悦，欢声笑语飘荡在田间，熟透的山枣、盛开的野花，清香入鼻，让人心旷神怡！到了那里才发现是个荒无人烟的村庄，一间间破旧土木结构的房屋由"铁将军"把着门，寂静得让人浑身发凉。

我穿过小路，走到村头，有一块方塘映入眼帘，让我驻足。这半亩大的方形池塘中，静立着密密麻麻的残荷，莲蓬枯黄，摇摇欲坠，风干的荷花稀稀疏疏散落在荷叶上、水面上，浅黄色或枯黄色占据了叶面的大部分，春天的翠和夏日的绿已经荡然无存。我忽然记起宋代李重元《忆王孙·夏词》中的"风蒲猎猎小池塘，过雨荷花满院香"，脑海中已然活现出一幅画面：小池塘，风中的水草猎猎有声，雨后的荷花散发着阵阵清香，弥漫整个庭院。联想到它昔日"出淤泥而不染，濯清涟而不妖，中通外直，不蔓不枝，香远益清，亭亭净植"的繁荣与辉煌，看此情景，心中不免生出一种失落和伤感。

这时，一阵轻风吹来，残荷摇曳，透出生命的活力，激起了我内心深处的涟漪。我细细欣赏，这些残荷千姿百态，尽管有的枯黄萎缩，有的黑褐干瘦，却能挺直脊梁站在池塘中，仿佛哀伤与自己无关，是那样的从容而淡定。它们高高昂起的头，挺得直直的脊梁，似乎在展示着一种精神，一种坚持，一种尊严。

世间或许有很多的美丽是我们无法体会、无法参透的，但是大自然一定会在某一个时刻让你有所感悟：在大千世界，不管是动物还是植物，生命的过程注定有许多劫难，既然无法逃避，何不坦然面对？那一刻，我平添一种温暖，一种敬意，仿佛闻到荷花的馨香，感受到一种向上的力量，一种永不言败的精神。不是吗？荷历经酷暑的煎熬，经受暴雨的洗礼，饱经风霜，依然盛开出夺目的花朵，绽放出生命的光华。她那曾经纤尘不染的大朵绿叶、飘逸粉嫩的纯洁花瓣，让人不敢亵渎。如今，她已慢慢枯萎，暗灰色取代生命的翠绿，那细细的身姿将义无反顾地走完生命的全部旅程。这多么像是人生的一个缩影啊！人的一生总要经历年轻时的华丽，历经世事繁华之后，待到人生暮年，回归生命根源。但不同的是，人的生命只有一次，不能重生；而荷的这种凄美是"暂谢铅华养生机，一朝春雨碧满池"。

我离开时，回头又望了一眼方塘，只见平如镜面的池水，残荷和她的倒影构成了一幅写意的水墨画，黑白的、素雅的、朦胧的、抽象的，能将人深深地浸润其中并濡染为一体。这时我眼前一亮，有一条小溪绕过村前，清清的溪水缓缓地流淌着，发出哗哗的声音，好像在向我诉说着过去的故事，哼着过去的歌谣，念着平平仄仄的诗句。我从水的歌声里，听见了自然和谐的脉动，有一种感动在我心中弥漫开来：这条小溪多么像是一位倔强的老人，顽强地坚守着一分生命美丽的本质，日夜奔流，守望着儿女们早日回归家园。

在我看来，这村庄犹如残荷，在盛开与衰败之间，繁荣与落寞之中，在不同时间，不同形态展现出的是一种别样的风韵；是承载着生命的重负，为来春勃发积蓄力量，孕育着新的生机……

真希望村庄能像唐代诗人王建的《雨过山村》描绘的那样：

雨里鸡鸣一两家，竹溪村路板桥斜。

妇姑相唤浴蚕去，闲看中庭栀子花。

2021年10月3日

放松如一叶悠然小舟

止止庵在武夷山主景区九曲溪的一曲溪畔，整个庵被叠翠群山所包围，风景秀丽，美不胜收。它是一个修身养性的好地方，我很荣幸在这儿修养了37天，很留恋和道长们在一起过着神仙般的日子。其中，我收获最大的是学会了游泳，感悟到游泳时只有排除一切杂念、放松心情、把自己融入进去，才能让心境升华，才会有心旷神怡的感觉。

九曲溪上，每天都有来自全国各地的游客坐竹排漂游观光，还有各种飞鸟在溪中嬉戏。止止庵有一位韩道长，无论是在烈日炎炎的夏天，还是在冰封雪地的冬天，都要到九曲溪游泳。每当太阳从山边落下，霞光照在九曲溪时，我便会随着道长一起，背起挎包，手捧脸盆，一起到溪里游泳。

记得，到止止庵的第一天，那天的晚霞染红了天边，把九曲溪映得通红，景色特别美丽。我坐在溪畔欣赏道长游泳。游泳前，道长先会站在岸上热身，她柔韧的身体就像一根橡皮筋，头可以往后弯到腰上，脚可以贴身伸到头顶。一到了水中，她就像鱼儿一样灵活，在河里钻上钻下，挥臂分水前进，上下左右翻转，然后忽然沉入水底，一会儿又在不远处露出来。蛙泳、自由泳、仰泳、潜泳，样样都会，好快活啊！看到这情景，我很羡慕，想学游泳。

第二天一大早，我就请道长陪我去小镇上买回游泳衣。晚霞刚满天时，我就迫不及待地催她快去教我游泳。可是，"叶公好龙"的我真的要下河时却怕了，突然会想起许多溺水身亡的人来，整个身心被恐惧占领。

道长劝我说："你不要怕，我会带着你漂游，会保证你的安全。"如果我不下河，那就表示对她的不信任啊，我只好硬着头皮，换上泳装，再穿上救生衣下河了。

　　道长在自己的背上挂了一个救生圈，让我抓住救生圈，带着我徜徉在碧波荡漾的九曲溪。我心里既兴奋又紧张。一紧张，我身子就会下沉，道长就会被我往后拉。一放松，道长带着我就会轻松。她一边游，一边叫我要"放松！放松！"。我为了让自己放松，便大声地朗诵起了毛主席的诗词《水调歌头·游泳》："才饮长江水，又食武昌鱼。万里长江横渡，极目楚天舒。不管风吹浪打，胜似闲庭信步，今日得宽余。子在川上曰：逝者如斯夫！"不紧张，身体就能放松，我就能享受漂在水里的舒畅感受。绿绿的水清澈见底，和霞光互相映衬着，美妙极了！那样的漂游，太舒服了，就像自己在腾云驾雾一样，飘荡在空中，陶醉无比。

　　次日傍晚，我和道长又来到溪边，她在岸上热身，我换上泳衣，因为水清得可以看见石头，我以为水很浅，想都没想便一头扎进水里。当我脚够不到水底后，顿时，水向我鼻子里、嘴里灌。我拼命挣扎着，由于吸不上氧气，喝了好几口水，眼睛睁不开，一股强烈的求生意念充斥着我，便两脚用力一蹬，浮上了水面。可是还没吸到空气的感觉，身体又向下沉去，我心想，可能今天就要"牺牲"在这儿了，人要死真是快啊！就在我快要窒息时，正在热身的道长拼命地喊："把身体放松！放松啊！"可是我因太紧张，说什么也放松不了，吓得她赶紧跳进水中，一把将我拽了起来。她声音颤抖地说："你还说会怕水，我看你胆子也够大的，救生衣没穿也敢下去，我都快被你吓死了！"我也觉得自己太不知深浅了，就连连赔不是："是我错了，不好意思，以后不敢了，请教练原谅好吗？"她被我逗笑了。

　　我开始按照道长的指导去学，她教我说，在一个固定的地方，沉到水底去把石子捡起来，只要放松，身体就会从水中漂起来。她要求我连续做到身体会自然浮起来为止。我依样去做了，可是浮不起来。她又在水面上喊："放松！放松！"我这才知道，水也是可以被声音穿透的，便开始放松，略一放松，身体真的歪歪斜斜地在水中浮了起来。

她又教我将身子趴在沙滩上，手伸直，弓起腿，翻开脚掌用力蹬出去。我听着她的口令，一遍又一遍地练。然后，她让我在水中保持屈身的样子，手臂伸出去，并与水平面保持一致。可我一伸出手臂，身子又在水中乱晃起来。我马上想到了要放松，放松后身体便平衡了。还真行，在韩道长的训练下，我奇迹般地学会了游泳。道长很高兴，情不自禁地在我的脸上猛亲了一口，说："才三天你就会游了，有一个人我教她半年了，到现在还不会游呢。"我问："她为什么学不会呢？"道长说："她最主要的原因是不能放松，心里杂念太多。你真的很厉害噢！"我听到表扬心里乐开了花。

于是，我每天傍晚都会和韩道长一起去游泳，她总是在我身旁保护着我。我在水中慢慢地游着，水柔得像是棉花轻轻抚摸着我的肌肤，感到十分的惬意。有资料说，游泳的运动量是其他体育活动的十五倍，而且是最卓绝的醒脑妙法之一。果然，一下子清爽起来的脑子使我想到，自然界万物没有什么能比水更有独特性了：她虽弱，却有水滴石穿的毅力；她虽软，却有移山填海的意志；她虽柔，一旦时机成熟又有排山倒海的气势；她虽无形，却随形就势；她虽无争，却能无坚不摧；她虽无味，却能溶入百味；她虽无色，却能染成千色。

做人若能如水一样，像一叶小舟悠然地荡漾在人生的长河中，那该有多好啊！

2012年11月26日

感谢窗前的桂花树

梦托芳华消剩暑,中秋月满漾清光。
谦虚倾盖繁枝缀,洒向人间是处香。

——题记

  我要感谢的人很多,感谢父母给予我生命,感谢亲人、朋友给我的帮助和温暖,感谢爱人的陪伴,感谢女儿自强自立不用我操心,感谢伤害我的人让我坚强。然而,我还要感谢窗前的桂花树。

  说来,我与桂花树结缘还得感谢市政府的决策——旧城改造。1996年,我单位(建阳市图书馆)搬迁到水南,单位本来把我安置在西桥新村居住,因我不喜欢住在那儿,便要求回迁到原单位被拆重建的商品房(人民路宏利大厦),经过努力如愿。

  我书房阳台面临中山路的步行街,街上每天人来人往非常热闹,商人们为了招揽生意,用尽各种办法,尤其是到了节日,步行街商店的高音喇叭响彻云霄,让人坐立不安,神经衰弱。

  但值得欣慰的是,在我的阳台下,种有两棵桂花树,它们每天平静地、直挺挺地站立着,无论烈日炎炎的夏天,还是寒风凛冽的冬天,从来面不改色,无忧无虑,生活得有滋有味。

  春天,桂花树悄悄地长出嫩芽,星星点点的一层翠绿,过不了多久,浅绿色叶片便会缀满枝头,像绿色的蝴蝶挥动薄薄的羽翼,在春日温和的阳光下,交织成一片耀眼的光辉。

夏天，它们浓荫遮日，给人遮阴纳凉。夏季常有雨，有几次暴雨如注时，我站在阳台上凝望着暴雨中的桂花树，它们坚韧的树干始终岿然不动。大雨过后，满树叶子更加发亮，是那样寂静与安详。

秋天，它们会在一夜之间开满米黄色的花，吐出的花香悠悠的、淡淡的，沁人心脾。清晨，你会被一阵来自梦中的香味唤醒，那香味淡雅甘甜，撩人心脾。寻着那馥郁芳香走到阳台一看，啊，满满的一树金黄，缕缕芬芳扑面而来，让人陶醉其间！深深地，美美地吸上一口，顿时便会觉得所有的忧愁和烦恼都烟消云散。

冬天，它们绿叶扶疏，不畏严寒，挺拔的身躯像一个顶天立地的巨人，又像一个威武的哨兵，是那么的坚强、自信和潇洒。

它们就这样默默地奉献着热情。每当我烦恼时，只要望着它们就能让心静下来。我学习它们朴素不张扬，成败不言语，坦坦荡荡、清清白白；学习它们不患得患失，无大喜大悲，自然、沉着、勇敢、淡定、从容面对红尘纷扰的沉稳气度。我只要闭目，凝神，便会捕捉到枝头的盛世繁华；就会感受到生命盛放时的美丽动魄。我在这桂花树上挂过灯谜，举办灯谜竞猜活动。我还在树下举办过春节送春联活动及建阳籍作家签名售书活动……

年复一年，不知不觉已同桂花树度过了十八个春秋，我的青丝变成了白发，而它们依旧是那样的挺拔，那样的青春，一年四季郁郁葱葱，犹如一幅美丽的图画镶入我的眼帘，又如同一首动人心弦的歌曲，让人如痴如醉，心旷神怡。

岁岁年年有桂花树相伴，让我坚强不感到孤独和寂寞，不改初衷和追求。

我希望有一天，城市的大街小巷都能栽上桂花树，当大地百花香消玉殒，芳颜不再的时候，它们还是花团锦簇，香飘满城，那将是何等的气派，何等的壮观！树上的花随枝摇曳，落花则随风而舞，地上落英一片。走在街上，犹如进入了梦幻般的童话世界，那该有多么的惬意和美好啊！

2014年12月6日

故垒萧萧芦荻秋

我有一块从乡亲们手里转让出来的土地，地处南武路，在通往武夷山的交界处，已闲置了近二十年。我决定把这片地建成弘贤书院师生开展活动的场所。经过征名活动，最后按宏甲老师的提议，取名弘贤园。

弘贤园野生植物生长得十分茂盛。竹子、芦苇，还有各种各样不知名的野草，都竞相绽放风采。它们有的高傲地昂着头，有的匍匐在地上浑身长满了刺。如果你从它的身边走过，定会把你扯住，纠缠着你不放，把你的手脚刺得生疼。我把它们视为妄图夺取我美好家园的"侵略者"。为了消灭这可恨的"侵略者"，我十八般武艺全都用上了，用推土机推，请老农来挖，用除草剂除草，还请来农科专家指导，可还是"野火烧不尽，春风吹又生"。这些"侵略者"在让我又气又恨的同时，又不得不佩服它们生命力的顽强。我用尽了浑身解数，经过一次又一次对它强有力的打击，总算让这片土地显露出了"黄色的皮肤"。

书院师生们得知我要建设弘贤园，有的捐钱，有的捐树苗，有的帮助种树。师生们兴高采烈地种上了五眼六通，又种上了茶树、桃树、桂花树、香樟树、柳树、杨梅树……希望来年，花开满园，瓜果飘香。

我满心欢喜，促使我有了在园中建一座书院的梦想——春日花园丽，秋风花草香。大儒来授课，学子喜洋洋。那真是：上有弘贤书院，下有考亭书院，两院相望，并驾齐驱。

我展望着未来胜景，提笔写下了：

七律·弘贤园感怀

深春五月把园归，芳地边堤果絮微。

入目柔丝随岸绿，尽收百鸟伴鱼肥。

西山秀美朱公颂，建水清新咏樟飞。

今日贤园添景色，明朝书院显光辉。

  我为自己有着远大的梦想兴奋无比。可是，梦想与现实之间是有距离的，要在这片土地上建书院谈何容易？我是含着热泪，情真真、意切切地给有关部门领导写报告，希望能得到支持，结果都石沉大海。而种植的各种果树，因为没有护理好，只剩下五眼六通，其他的都香消玉殒。困难是摧毁梦想的魔鬼，我的愿望已深深地沉入了谷底。

  今年暮秋，我再次走进弘贤园，映入我眼帘的是满园的芦苇花。这些芦苇不是被我铲除了吗？是从哪里冒出来的呢？而且长得如此的素洁、优雅、生动活泼，把整个弘贤园妆扮得宛如一幅浓墨重彩的写意画卷，让我惊叹不已！

  我欣赏着芦苇花，陷入了沉思：芦苇在贫瘠的土地上，或是在河堤、沼泽、路边……都能无怨无悔地生长。虽然在一些人眼里，它没有夺目的外表，没有花香，默默无闻，看似毫无价值，但深入了解就会悟出它的内涵——芦叶、芦花、芦茎、芦根、芦笋均可入药；芦茎、芦根还可以用于造纸，以及生物制剂和各种工艺品。特别是，它几经酷热寒暑，风霜雨雪，仍然袒露着生命的魅力。

  我蓦然想起了《诗经》里的话："蒹葭苍苍，白露为霜。所谓伊人，在水一方。"觉得芦苇花是因为思念我才开放的，我心中涌起了一股暖流，沉醉其中，却又让我心生担忧。这簇簇的、雪白的、如绒毛的芦苇花，只要有一点微风，就会轻而易举地将它们带走。就在这时，一阵风吹来，纤细的苇秆摇动着婀娜的身姿，那盛开的芦花升向天空，随风而舞，如漫天的雪花，飘飘洒洒，透着灵气，在阳光照射下闪耀着缤纷的色彩。

我站立在园中，望着那片片飞扬的芦苇花，悟出了它的语言：风把我吹落了又怎样，我有过一次的绽放就足够了呀！

　　秋风徐徐，我竟然没有感到一丝凉意，而是心潮澎湃，热血沸腾，流连忘返。

2021年11月13日

故乡的地瓜

朋友从大老远给我送来了一袋地瓜,这些带着新鲜泥土的地瓜,充满乡间朴素的味道,让我蓦然惊觉,又到地瓜的收获时节了!在老家的情景,如放电影一般,一幕幕幻化在眼前。

在我孩提时代,那时冬天的清晨,太阳还没有出来,天空瓦蓝瓦蓝的,头顶不时飞过几只欢快的雀儿,啾啾地叫着。薄薄的轻雾浮在空荡荡的原野上,随着一声清脆的鞭响,老牛使劲拉着笨重的犁铧,鼻子里哼哧哼哧地冒着白气,把泥土翻成一垄一垄的,像滚动的波浪起起伏伏。扶犁的村农"喔喔""吁吁"的赶牛声犹如伴奏的乐曲,那情景真的是美不胜收。

村民们把土地翻犁后,在春天来临时,就会把藏在地窖里的红薯刨出来,培植在翻犁过的土地里。清明时节,几场雨水过后,那地瓜苗便长得枝繁叶茂葳蕤一片。这时,就用镰刀把那地瓜苗齐根割了,再用剪刀把叶剪掉,留些枝枝杈杈的根茎和叶茎,又把那一米多长的藤剪断成四至五截,在起好垄的地上,隔尺把挖个坑,每个坑里插放上一枝嫩绿的地瓜秧苗,在根部培上土,培成饱满的馒头状,然后再踩一脚踏实。栽植时,如果遇上雨天,土地湿润,直接栽在地瓜垄中即能成活;如果遇上旱天,就在插它的地方浇一瓢水,过一夜便能欢快地活过来。返过劲来的地瓜秧子如迎风旗摇,煞是好看。随即,它们便摇头晃肩,舒枝挚蔓,交给大地一片葱茏。

到了夏天,地瓜的藤蔓已经长得郁郁葱葱,密不透风地匍匐在地上。

站在田埂上，极目四望。啊！那一条条长长的绿带，绵延成了一片绿色的海洋！地瓜花开的时候，密密的叶片上浮现出千万朵紫色或白色的花儿。这时候，奶奶常常吩咐我和大哥："去地里掐点地瓜藤回来撕一撕当菜。"翠绿的地瓜藤，配上些许的红辣椒丝，起锅装盘后，红绿相间，清香可口。正如现代诗人胡秉言的《七绝·地瓜》中描绘的："逶迤藤蔓陇间爬，翠叶垂荫掩地瓜。吕宋始发成万历，生烹炸煮烤均佳。"

霜降前后，那茂盛的地瓜藤下，便长出了硕大的果实。有的地瓜大得都要把土撑裂了，这时地瓜就得挖回来了。田野里到处是扛着锄头、手拿镰刀、挑着箩筐、推着板车的人。挖地瓜要先用镰刀把地瓜秧的蒂割断，再把整垄的瓜秧卷成团抱出地外，然后才开始用锄头挖。也有省事的办法，套上牛用犁耕，后面的人把耕出来的地瓜拾到筐里，拾满后把地瓜倒在地上堆在一起，很快一个巨大的地瓜山就呈现在人们面前。接下来的任务是分地瓜，生产队的会计按照生产队的劳力数和地瓜的总量计算出每户人家应分得的地瓜分量后，就分给各户。家家户户拖儿带女，兴高采烈地用扁担、箩筐或者木板车把属于自己的那一份运回家。接着，再把地瓜分门别类，捡一些大小适中的放在家里留着冬天吃，还留一些放进窖子待第二年春天的时候再拿出来吃或做种子。

那时我家没有劳动力，自然分不到地瓜，但是乡亲们总会你几个、他一篮地将地瓜送到我家，使得我家也不缺少地瓜。写到这儿，我的心情格外激动，真的非常感谢乡亲们的深情厚谊。

村上的人，家家户户都有在野外的山边建地瓜窖子。乡亲们一般都会选择在清晨打开窖子上的木板，清理一下窖里的浮土，铺上一层稻草，用竹筐装着地瓜一趟趟运进去，然后用木板将窖口盖严，用泥巴封实。地瓜窖里温暖如春，即使在寒冷的冬天，穿薄薄的秋衣秋裤也不觉得寒冷。

趁着天气好的时候，将剩下的地瓜刨成丝，清洗后过滤出来的水会变成淀粉，放在太阳下晒得雪白雪白的。这时便有人带着家什来到村子里，将淀粉加工成粉丝，晒干后的粉丝可以用来煲汤。地瓜刨成的丝呢，晒上三五天就会变成地瓜米。晒干后的地瓜米则作为食粮，每天煮饭时，将地瓜米掺上些许大米放进锅里煮到五成熟，捞起倒进饭桶中再放到锅里蒸，约半个小时工夫，便可以闻到令人垂涎欲滴的香气了，那种甜香，我觉得是当时最好的人间美味。

地瓜收获的时候，是我和小伙伴们开心的日子。收地瓜时，难免有一部分地瓜在拉拔的时候脱离了藤而被误埋进泥土里。小伙伴们会欢呼雀跃地扛着锄头到田里翻掏地瓜，目不转睛地瞅着翻动的泥土，一看见翻出来红色的地瓜，便会马上扒开松散的泥土把地瓜拾起来。有时看到一点红红的根须，用脚一踢，埋在泥土里的地瓜就会滚出来，捡起那带着泛黄的沙性泥土的地瓜，用手拍拍，便放进竹篮里，那种喜悦的心情真的无以言表。

还有件高兴的事，那就是在野地里烤地瓜吃。先是用锄头在地上挖出一个不宽不窄的坑，将地瓜放进坑里烧到七八成熟后停火，然后将烧过的地瓜连火带灰一同埋进坑里，封上先前开挖的泥土，一会儿工夫便可以吃了。这时小伙伴们高兴地聚拢过来，找来一根木棒，把里面的地瓜挑出来，你一个，我一个，小心翼翼地捧在手心，在左右手间来回倒腾着，吹吹上面的灰。等到稍微凉点了，就坐在树下，开始剥掉番薯皮，呈现在眼前的就是那黄澄澄的肉了，软绵绵的，<u>丝丝缕缕</u>的，喷出诱人的清香，我们吃得津津有味。那时，绿树掩映，树叶扶疏，鸟叫虫鸣，地瓜飘香，真是一幅带着诗风词韵的田园水墨画。

历史的车轮跨进20世纪80年代，实行了联产承包责任制，人们的生活水平提高了，家家户户富裕起来了，地瓜的产量多了，家里的地瓜除了人吃，还用来喂猪。如果人畜吃不了，就会拿去卖，在我的印象中，那时的地瓜才几分钱一斤。

后来，在富民政策的号召下，乡亲们投身于经商办厂、创汇增收的经济大潮。富了的乡亲们在村里修了水泥路，装上了路灯，用上了液化气，每天都像过年似的，顿顿都有大米、白面、鸡鸭鱼肉。于是，红薯又重新摆上了人们的饭桌，当作调剂生活的美味佳肴，成为富裕的象征。

往事如烟，儿时的乐趣不再拥有了，可是飘香的地瓜却永远留在了我的记忆中。对于我来说，并不简单地是为品尝地瓜，而是对生命中那段难忘岁月的打捞与回味。那段时光虽然苦难，但也温馨。

2014年12月12日

贵草与野草

　　我居住的小区旁边，有一大片广场，人们在上面设置了各种健身器材。此外就是大片的草坪。据说草坪里的草是从大洋彼岸的发达国家引进的，它们根根出身名门，簇簇血统高贵。我亲眼看见，在修建草坪之初，工人们在平整好的土地上铺上了厚厚的肥土，翻松后，把一簇一簇草移栽上去。为了这些草能生长得好，还建了一个水池，安装了水龙头，这些名贵的小草每天定时接受喷灌，被滋养得碧绿碧绿。在这水泥丛林般的城市里，那整齐碧绿的草坪，无疑最受人们关注和喜爱，成为一道靓丽的风景。

　　然而，草坪里的草虽然衣食无忧，备受关爱，让人羡慕，但生活得并不愉快：它们肩靠肩，头靠头，拥挤不堪，贫乏单调；它们永远不会有成熟的日子，不会开花结果；它们甚至也不可能长大，叶子刚刚冒出点尖儿，就被剪草机给齐刷刷地剪掉了，剪下来的草叶成堆成堆放在马路边上。看着这些青青的草叶觉得可惜，想起朋友在附近养兔，便叫来朋友，把这些青草拾回喂兔，没想到兔子竟拒绝食用。忽然想起，我每天从草坪边路过，好像从来没有看见过草坪上有蜻蜓、蝴蝶、蜜蜂、蚂蚱、甲虫什么的。我怀疑，这些出身高贵的草，是不是天生就不愿与这些我们常见的小生物为伍，或者它们天生就是被人们观赏的？

　　夏天一到，每当夜幕降临，草坪上便来了许多人，有的用报纸、有的用衣服、有的用塑料布铺在草上，坐的坐，躺的躺，谈天的谈天，说地的说地，还有的干脆在草坪上跳起了街舞、练起了太极拳，根本不顾草儿被踩踏的痛苦。这样不到一个月，草坪里的草受伤严重，有的病恹恹地东倒西歪，有的只剩下黄黄的叶茎，有的干枯凄惨地死去了。草坪已没有了生机。为了极力挽救这些贵草的生命，培育工人挂出了"请大家爱护小草，别踏进草坪"的牌子。然而，人们却视而不见，照样我行我素。没过多久，草坪里的草大片大片地死亡了。育草的工人看已没有了回天之力，就不再对草喷灌了。可是，我惊奇地发现，草坪里却长出了许多野草，我不知道它们是怎么长出来的，在同样的条件下，这些野草却生长得十分强壮，有的还抽穗、开花，显得十分惹眼。慢慢地，整个草坪全部被野草给占领了。然而，这些野草却并不受欢迎。有一天，我看到开来了一辆推土机，把这些野草给清理得干干净净。

小时候，家住在乡村，那时候没有花园，没有广场，一出门就是一大片原野。春天来了，各种各样的野草从地里钻了出来，见了雨便像是疯了似的生长着，如马兰草、扁豆草、马鞭草、叶下珠草、灯笼草、指甲草、鱼腥草、白花蛇舌草……还有各种颜色的花儿竞相开放，白色的是野菊，蓝色的是马莲，紫色的是马兰花，金黄色的是菟丝子，玫瑰红的是指甲花……均散发着醉人的芬芳。有花的地方就有蝴蝶、蜜蜂、蜻蜓；有草的地方就有蟋蟀、蚂蚱，显得十分喧闹，那真是姹紫嫣红、千姿百态，充满生机，让人赏心悦目。

如果让我选择生活的地方，我愿意选择原野，更愿意成为原野中的一株野草。因为野草虽然普通，却有自己的个性；没有人为她鼓掌，仍然努力生长；没有人心疼，却能活得漂亮。

2012年12月6日

怀念稻田蛙鸣声

我的书房挂着一幅雕刻家李经照先生送给我的书法作品，上写："独坐池塘如虎踞，绿荫树下养精神。春来我不先开口，哪个虫儿敢作声。"每每看到这首毛泽东诗词，便会想到辛弃疾的词："明月别枝惊鹊，清风半夜鸣蝉。稻花香里说丰年，听取蛙声一片。"让我觉得仿佛又回到了那个山清水秀的家乡，想起了儿时的快乐时光。

我的童年是在一个美丽的乡村里度过的。打开家门，就可以看到大大小小的青山，空气特别清新，天空特别纯净，凉爽的山风伴随着一阵阵泥土的芳香扑面而来，朵朵白云缠绕在山间。一片片的稻田，一块块绿油油的菜地，清澈的河水从村前流过。一到春天，满山里杜鹃、丁香、蔷薇、喇叭，还有不知名的花儿竞相开放，争奇斗艳；那枝上的花，一朵朵，有大红的、粉红的、黄的、紫的、白的；那花瓣儿，红的、白的、粉的散落在草丛中，远远看去就像是花的海洋。

小时候我特别贪玩，看什么都感到新鲜和有趣。那时候的乡村，虽然没有电视、电脑，就连电灯都没有，可我并不寂寞。尤其当门前那一大片稻田全部插上碧绿的秧苗时，稻田的水塘里，总会出现无数黑豆似的、拖着长尾巴的小蝌蚪。它们成群结队地在水中摇头摆尾，是那么的悠闲自在，那么的天真活泼。它们排着整齐的队伍，浩浩荡荡地游来游去，或者聚成一团，或簇成一堆，在水中玩耍嬉戏，我好喜欢啊！我常蹲在田边，观察着小蝌蚪是怎样变成青蛙的：看着它的肚子越鼓越大，头上长出了两只圆而突出的眼睛，腹部先长出两条后腿，然后又长出两条前腿，尾巴逐渐缩短，嘴巴变大变宽，黑色的背变成了土黄色并夹着斑斑点点的图案，腹部变成了白色。哇，小蝌蚪变成小青蛙啦！我总会情不自禁地鼓起掌来，看着它们快乐地从水塘中跳到田埂上、跳到草丛中。

儿时的我，每当听到蛙鸣声，心中就会激动不已，那种愉悦的心情无法用语言形容。蓝天里白云悠悠，池塘里青草依依，伴随着蛙鸣声声，那是人与自然多么和谐美丽的融合呀！

特别是刚下过雨的盛夏，满村蛙声此起彼伏，只要走出屋外，走在田埂中到处可以看见青蛙的身影。它们有的伏在路旁湿漉漉的花丛中和小草里，一动不动；有的活蹦乱跳地逗你玩，常常会在我不经意间忽然从乱草中跳出来，跳到我脚上，感觉冰冰凉，低头一看，原来是只可爱的小青蛙。我惊喜不已，还没来得及给它打声招呼，它却灵活地扑通一声跃进水稻田中，溅出一朵水花，跑得无影无踪。

每当夜幕降临，整个乡村就会笼罩在一片热闹的蛙鸣之中。那蛙声"咕呱！咕呱！"，开始是单音调，慢慢地就变成了大合唱，那清脆响亮的鸣叫声如同一支雄壮的交响乐，优美的旋律在静寂的夜里有序地流淌着。漫步在路上，一边轻轻地嗅着路旁稻田里入鼻的清新空气和秧苗的气息，一边静静地聆听悦耳动听的蛙鸣，实在美妙，真想化作一棵秧苗，融入那如诗如画的大自然中去。

夏夜里，我和奶奶常常坐在窗台纳凉，特别是在有月亮的夜晚，柔柔的月光、青青的稻田、清脆的蛙鸣，满天的星星一闪一闪地和我们打着招呼，皎洁的月光把田园沐浴得透明。微风轻轻地吹抚着我的身体，惬意溢满了我的心头。奶奶一边用麦秆编着扇子、草帽，一边给我讲"青蛙王子""嫦娥奔月""牛郎织女"等故事。我沉醉其间，听着蛙声甜甜地进入了梦乡。

我在蛙声的陪伴下慢慢长大，出外求学，留居城市，看惯了灯红酒绿，住上了高楼大厦。但是，每当午夜梦回，那美妙的蛙鸣声常会在我耳边萦绕，一种温馨而甜美的感觉涌上心头。

  可是，不久前我回了一趟家乡，只见原先的稻田和绿油油的菜地已不复存在了，不是被盖上了高高低低的房屋，就是荒芜成了一片干旱地。原先长满小草、小花的道路被铺上了水泥，原先一到春天犹如花海的青山，也已被盖上了厂房。再也听不见那清脆的、带着田野气息的蛙鸣声了！再也寻觅不到桃红柳绿、山花烂漫、万紫千红、如诗如画、怡然自乐的田园生活了！我的心头刹那间充满了失落和感伤。

2012年8月13日

吉祥

我刚到武夷山道观止止庵时,它就站在大门口,两只前腿踏在门槛上,用两只炯炯有神的眼睛盯着我看。韩道长说:"不要怕,它名叫吉祥,不会咬善良的人。"

我一听"吉祥"两字,就想起了《庄子·人间世》的这两句话:"虚实生白,吉祥止止。"意思是,只有洁净的心灵,止住了欲望之心,才会有光明朗照,吉祥的鸟儿才会落到你生命的枝头。道长把狗取名为吉祥有着很深的意义。

我从小就怕狗,因小时候被狗咬过一次。那天,父亲叫我到村通信员家里拿封信,我的脚才跨进他家大门,突然一条狗冲了出来,把我的小腿咬了一口。我又惊又怕又疼,不禁大声叫了起来:"唉哟!"还好通信员赶出来拦住狗,要不然不知道会被那条狗咬多少口。从此,我见狗都怕。这时看大门上站着狗,它威风凛凛的样子,我既害怕又讨厌。它盯着我看,我也盯着它看。我在道长的引领下向大门走去,吉祥见我要进门,马上就转身,在前面引路,就像是我外出旅游时请的导游。不同的是,导游会一直在不停地说话,而吉祥却一直沉默不语。

韩道长先是安排我在止止庵的招待所里住,吃饭时移步到聚仙阁的私人餐厅。道家有很多规矩,比如,吃饭前要把装满饭的碗高高地举过头顶,闭上眼睛在心中默念"天地啊,感谢你们赐给我美食,保养我的身体!",然后,再把碗放在桌上,拿起筷子等道长开始吃时我们才吃。夹菜也有规矩,每碗菜上都放有一双公筷,夹菜时必须用公筷夹到自己的碗里吃，不能随意将自己的筷子伸进碗里夹菜。吃饭时是不能作声的，吃完饭得把自己的碗筷洗干净放在自己座位的桌上，也就意味着这个位置是你的专座。

道长们对保健是很讲究的，每天要打坐练功，三餐除了早餐外，都会喝一碗保元汤，据说这碗汤很养身体，是用几种中药配成的，由一位名叫云谷的道长下厨烹调，清香可口，让人越吃越爱吃。我想学，可这是道家的秘方，云谷道长无论如何都不肯教给俗人。

我在止止庵招待所里住了三个晚上后，搬到了离韩道长住的聚仙阁最近的房间。说来奇怪，那天，我一大早起来，房门一打开，发现吉祥睡在我的门外，为我守门。本来它每晚都在为韩道长守门的，我一来，它就为我守门，这让我很感动！也就是从那天起，我对吉祥有了好感。

我开始观察吉祥的一举一动。它除了眼睛和嘴是黑色的，全身是黄色的，身材也不高大，长得和平常人养的狗没有两样，但它特别通情达理，对人也特别真诚。吉祥一天到晚一声不吭地在庵里跑上跑下，迎接着南来北往的客人。一旦有游客来，它先会站在大门口，把客人引进门，等客人坐定后，会在离客人座位的不远处俯在地上，抬着高高的头，看着客人的一举一动，就像是一个责任感很强的卫士。

止止庵有三大殿，门槛都很低，吉祥从来不会跑到殿里，最多在门口张望一下。它知道自己的身份，如果走进殿去会不礼貌。它就连厨房都不会进，用一个固定的大碗吃东西。道长也不会亏待它，它吃的食物也都是新鲜的，不会让它吃人剩下的东西。

韩道长爱好游泳，无论是刮风下雨还是冰雪严冬，每天晚上都要到止止庵门前的九曲溪游泳。我在韩道长的教导下也学会了游泳，所以每晚我都会和她去游泳，吉祥也会陪同我们一起到溪边，站在岸上当我们的保卫，一直等我们游完后，再陪同我们一起回到止止庵。

一天晚上，在我们回庵的路上，因那晚没有月亮，四周漆黑一片，我们就用手机当手电筒来照路，吉祥像往常一样走在前面给我们引路。突然，它不走了，大声叫起来："汪汪!"还用前脚用力抓地。我被它的反常举动惊得心跳加快，用手机认真一照，天哪，真是太可怕了！一条五步蛇弯弯曲曲地横在路的中间，如果没有认真看还以为是树枝呢。第二天，我发现吉祥一瘸一拐地走路，原来吉祥在与蛇搏斗中伤了筋骨。那晚要不是吉祥把毒蛇赶跑了，我们不知道会发生什么事。

因为有了吉祥的保护，我在止止庵很有安全感，一待就是一个多月。我对吉祥充满了感激，将它视为我最真诚的朋友。

我离开止止庵回到家里，时常会想起吉祥，每每同韩道长通话，我都会问一声吉祥可好，她都说，吉祥很乖很好。

我回家后不久，又一次来到止止庵。我左看右看没有发现吉祥，云谷道长说："吉祥失踪了！"我知道狗是不会失踪的，无论走多远都能找到回家的路。我问云谷道长吉祥为什么会失踪呢？他说："因为韩道长外出，吉祥就跑到外面等韩道长回来，被那里的民工看见就给杀掉吃了。"我听了心里特别难受，潸然泪下。韩道长却安慰我说："生与死自有天命，不要难过。吉祥在人间的功德已圆满，现在升天去做神仙了！"

吉祥为我引路，与毒蛇搏斗，为我守门的一举一动都一一在我的眼前闪现。这份情我无以报答，只能把对吉祥的感激之情倾注于笔端，希望吉祥在天堂，能保持一份纯洁的心灵，守护日月星辰，祝愿吉祥能永远平安快乐！

2013年4月14日

家有书房

我的家原是小户人家，二室一厅、一厨一卫分割着60多平方米的空间，几件笨头笨脑的家什摆进去使屋子显得更拥挤了，想有一个书房便成了梦想。

感谢旧城改造工程的启动，我的住房被拆迁重建，新建的住房变成了三室一厅。我将两个卧室之间的一小间进行了拓宽改造，地上铺设了米黄色的木地板，刷上耐磨漆，挂上雪白的窗纱，原本光线暗淡的小屋顿时整洁明亮起来。于是，我拥有了一间小小的书房！虽然只有8平方米，但我却摆进了藏书1000余册的书橱及书桌。一盆青翠欲滴的文竹悠悠地置放在书桌上，散发出醉人的馨香。书房墙面中央，我郑重地挂上了自己题写的"书犹药也，可以医愚"字幅。一间简易亲切的书房就成了我业余时间的栖息地。

书房是温馨的世界，书房是知识的海洋，书房是陶冶情操的港湾。夜深人静时，拨亮台灯，随手从书架上取下一本书，漫游字里行间，油墨的清香使你陶醉，疲惫的心因此释然。或倾心浏览，或掩卷遐想，个中滋味无穷。古今中外，大师纷纷前来和你促膝谈心，世界骤然变得很小很小，思绪纷飞，琴弦共鸣，你会发现灵魂出游原是一桩多么惬意的美事。

世人都喜好游览名山大川，寻访古迹胜景，观赏异域风光，那形形色色的美的确令人们赏心悦目，叹为观止。殊不知，好的书就是一片令人心旷神怡、流连忘返的美好风景。文学的天，一样辽阔高远；文学的地，一样博大富有；文学的山，一样雄奇峻拔；文学的海，一样澎湃激荡。置身于书的境界，你会自然而然地海纳百川，峰立千仞。在我的书房里，我领略了异域风土民情，饱览了祖国的湖光山色；我追寻古人悠悠的足迹，探访源远流长的文化长河。在这里，纵情思想的骏马穿越知识的荒漠，奔向智慧的绿洲，任凭求知的火焰去点燃心中理想的光芒。我的书房，让我拥有了一方知识的天地，拥有了一分充实的快乐。

家有书房，夫复何求？我为自己拥有一间小小的书房而感到欣慰和满足。

2020年12月4日

落叶遐思

  凉凉的秋意送走丝丝炎热，我走在潭城的街上，桂花的清香扑鼻而来。人来人往，车水马龙，绕过熙熙攘攘的人流，穿过繁华的喧闹，一切都是如此的富有诗意。我走到了潭山公园，抬头望去，一排排的树安安静静站在路边，放出清新的空气。阳光透过枝叶射到地面，一缕一缕看得很清晰，地上的树影斑斑驳驳。

  我漫步在小路上。这时，一阵秋风迎面吹来，树的枯叶纷纷扬扬，摇曳下坠，样子十分可爱。它们有的像蝴蝶翩翩起舞，有的像燕雀展翅飞翔，还有的像芭蕾舞演员那样轻盈地旋转，全都那么潇潇洒洒，无牵无挂。我望着满地的落叶，情不自禁地想起，它们曾经用绿意装扮世界，为大地添过生机；在夏日的骄阳中，为行人铺绿荫，遮风挡雨，而自己却甘受烈日的炙烤，没有半句怨言。可是，它们却在秋日的沉静中变成了枯枝败叶，这怎能不让人感到惋惜？又怎能不让人慨叹？

  我微微弯下腰，用鼻子嗅了嗅散发着淡淡的泥土清香的落叶，缓缓地捡起一片。这片毫不起眼的落叶，边缘有点泛黄，中间还带有一点灰色。我漫不经心地转动叶柄，发现叶子背面的叶脉竟异常清晰，好似纵横交错的血管，叶片边缘还有一道道的齿痕。叶面虽有零星小洞，却掩盖不了它那娇美的脸庞。它曾在迷人的春光下散发着醉人的芳华，闪耀着油亮的苍翠，而转瞬间已是枯黄。它的生命太短暂了，我用善感的心体会着落叶的悲苦，轻轻地叹息道："生命为何不能常绿？"

  我有点不忍将其放在手中把玩，便轻轻放手，叶片随风打着旋儿飘落到地上，回到了大地母亲温暖的怀抱。我不禁陷入了沉思：落叶牺牲自己，却成就了另一种人生；落叶独自演绎着秋季，诠释了生命。纵使没人会关心它、心疼它，但它却自己做着自己，不卑不亢。自己不也如这落叶般渺小平凡吗？落叶尚可做到不卑不亢，我又为何做不到呢？在这个世上，即使你的人生轨迹歪歪斜斜、毫不起眼，但只要你的人生姿态永远向上，并在这个世上留下属于自己的痕迹，那就值得。

　　落叶在自然的风景中缄默着一个道理：把悲痛留给自己，美丽带给别人。正当我感受着落叶的凄美时，我的眼前忽然闪现出了一道金色光芒——哦！那不是无奈，不是凄凉，那是成熟，是收获，是奉献，更是希望！"落红不是无情物，化作春泥更护花。"在片片金黄的落叶中，我眼前似乎出现了无限的翠绿，听见了生命的节奏，感受到一种向上的力量，是那样富有生气，充满了勃勃的生机！

2017年5月9日

茉莉花开

那天，我散步回家，走到楼道，有一盆小小的植物引起了我的注意。那是一株被人丢弃的茉莉，干瘦干瘦的，缺少养分的样子，花盆里的土壤是沙质的，干干的，似有好长时间没浇水了。根从盆子底下的漏水孔长到了外面。我又仔细打量了一下，除上面稀稀拉拉伸出几根细枝条外，下面全是枯萎的老枝干。这是一棵久经风霜的茉莉。我想转身离去，可转念一想，它也是一条生命啊，或许我能养活它，便立马把它抱回家，放在了窗台上。

我到花店买了些肥料撒在花盆里，每天给它浇水。很快，茉莉的叶片由原来的干枯发硬而变得油亮柔软，慢慢地变得枝繁叶茂起来，翠绿的叶间开出了许多花朵。茉莉的花苞很奇特，大多数是三朵并立地长着，也有单朵和多朵的。开始是一个绿色的小苞蕾，然后苞蕾慢慢长大，顶端现出一点白色，然后白色继续扩大，花朵一簇一簇地攒成一团，洁白的花瓣在绿叶的映衬下，似碧玉上的颗颗明珠，又如夜空里悬挂的点点繁星，显得格外耀眼。

茉莉花绽放枝头的时间不长，一两天就会慢慢变红、枯萎。有时，原本洁白鲜丽的一朵花，正骄傲自信地立在枝头上，不小心碰到她，或被风吹动，花就掉下来，轻飘飘的没有一点声响，也没有一点叹息，仿若告诉人们，往往美好的事物会稍纵即逝，要好好珍惜和小心呵护。或许，它想在自己最美丽的时候跌落枝头，香消玉殒，不让人留恋，不让人牵挂。来时纯洁白皙，去时依旧的白皙、纯洁。茉莉有一种高雅的气质，而它的品质就如它的颜色一样，清清白白、超凡脱俗。这也许就是人们喜欢它的缘由。

　　茉莉装饰了我的窗，装进了它的清、淡、香、甜，给我的小屋增添了许多浪漫和温馨。我读书、敲打键盘累了，轻微抬头，就能瞧见窗台上的茉莉，晶莹剔透的茉莉花瓣，静静地躺在纤细的枝头，洁白，娇嫩。若是揉揉眼，再做个深呼吸，那淡淡的清香就会沁入鼻间，直抵舌尖，最后落到最甜蜜的心间。

　　茉莉似乎很感恩，努力奉献出全部的芬芳，娇小洁白的花瓣不断地开，不断地落，渐渐地只剩几朵伶仃地浮在绿叶上。比起之前的清雅，现在的它又多了一分凄美。但我并不担心它的美丽会稍纵即逝，因为它留给了我最美好的记忆，使我更加坚信善有善报的道理。我欣赏它的美、它的淡雅、它的与世无争和默默开放；我爱它的纯洁无瑕，爱它的馥郁芳香。当下一个春季再现，我相信它会绽放得更加光彩靓丽。

2013年7月29日

骑黄包车的老人

2012年9月25日晚，我准备去建阳市童游安居楼看望我的母亲。路上车水马龙，我正准备拦的士，突然一辆黄包车戛然停在面前，一个很亲切的声音响起："你去哪里啊？我带你去好吗？"我抬头打量面前这个人，他面容慈祥，穿着一身黑色的服装，在夜灯的照耀下，显得容光焕发。从他脸上岁月留下的一道道皱纹，可以看出他的年纪不小。

我说："您这么大年纪，我不好意思坐您的车啊！"他说："你肯坐我的车就是对我这个老人家的照顾啊。"被他这么一说，我心里一热，不忍拒绝，只好坐上了他的黄包车。

老人骑黄包车很老练，不慌不忙地踩着。我很好奇，这么大岁数晚上还出来骑黄包车赚钱，他的儿子肯让他这样辛苦吗？忍不住好奇心，我便以拉家常的方式进行了访问。"老人家，您是建阳人吗？您是专门以骑黄包车为生活吗？你儿子肯让你这么大年纪还这么辛苦吗？"我一连发出这几个问题。

没想到，老人十分健谈，告诉我说："我是建阳市水吉镇人，今天76岁了，家里就剩下我一个人了！不瞒你说，我原来有个儿子，在南平工作，是当官的，我儿子有老婆也有孩子，本来我一家人生活过得还是很不错的。可是呢，我辛辛苦苦培养我儿子读书、工作，本想可以享享他的福，没想到我儿子自从当上了官，就天天喝酒，结果酒精中毒，喝酒喝死了。丢下我和他母亲，丢下他老婆孩子，不管了！"说到这儿，他深深地叹了口气。

接着,老人说:"我和你说真话,我儿子死了,我一滴眼泪都没有流,我只是恨他。可是,我老婆被气得生病也死了。我老婆死了,我当时很难过,后来想想也不难过了,人总有一死的。我现在有农保,村里每月会给我200多块钱,可是不够用哦,我不能去给别人添麻烦,就来建阳骑黄包车赚点钱过日子。我的儿媳和孙子我也管不了了,他们现在怎么样我也不知道,谁叫我的儿媳没有眼光要嫁给我那个没有良心、没有责任心的儿子啊!"他一口气说了这么多。

到了安居楼,我下车给了他100元,叫他不用找了。可他却不肯要,非还给我97元不可。他说:"我知道,你是听了我说的话同情我,我不要同情,你肯坐我车就是很看得起我了,就是照顾我了。我很感激你不嫌弃我,肯坐我的车。我不要别人同情我,我也不要别人照顾我,我要靠自己坚强地活。"说完,他很潇洒地和我道了声:"再见!"便骑着黄包车走了。

我望着老人慢慢远离的背影,想着老人说的一番话,很感慨。这位老人的修为很不一般,生活的磨难并没有把他打垮,反而让他变得坚强。他不仅接受了目前的生活状态,而且活出了自我,活得如水般宁静。

漫步人生路,谁能够预言自己能够远离挫折和打击?谁敢说自己是从铺满鲜花和阳光的路上一路唱着走出来的?人生的道路充满了变数,在数十年的生命长河中,不可能一帆风顺,总会遭遇各种各样的激流险滩,面对困境,与其愁眉苦脸,不如坦然地应对。无论你是贫穷还是富贵。无论你在生活中遭遇怎样的压力,逆境中千万不要丢失自己内心的坚强。因为,生命的魅力就在于它时时刻刻磨炼着你的意志。

2012年9月26日

秋高气爽访韶山

怀着对毛主席无比的景仰，我在2015年8月13日陪着母亲还有两位好友从上饶坐动车来到了湖南省，参观了橘子洲头、毛泽东纪念馆、毛泽东同志故居和毛泽东铜像广场。

我们一路激动，唱着："车轮飞，气笛叫，火车向着韶山跑，穿过峻岭越过河，迎着霞光千万道……"

刚到长沙，因为对当地路况不熟，我们请了位导游组团从长沙乘坐大巴到韶山。行走在宽阔平坦的一级公路上，湖南口音的美女导游就开始给我们介绍起韶山的"韶"字。的左边"音"字拆开就是"立日"，立，"顶天立地"，日，"太阳升起"，再看右边"召"字拆开就是"刀口"，"刀"代表武状元，"口"代表文状元，寓意韶山必定会出文武全才。结果，韶山真出了个文韬武略的毛泽东。听着导游的神秘介绍，我们心中更加对韶山产生了景仰之情。

不知不觉到橘子洲头，只见眼前碧树成荫，树上挂满了一个个绿色的橘子。一个不大的池塘躺在绿树丛中，池塘中的水又清又蓝，一座玲珑别致的亭子坐落在池塘旁边，一切显得那样的宁静安详。顺着路往前走，远远地就看到前方一座白色的毛主席头像雕塑屹立在我们的眼前。怀着无比崇敬的心情，我们快步走到离雕像不远的地方驻足瞭望。塑像雕刻的是年轻时的毛主席，意气风发、目光炯然，迎风飞舞的头发显示出其刚直不阿的品性，如火炬般犀利的目光让后人看到他威武不屈的精神。一条悠悠流淌着的湘江见证了毛主席的英伟，见证到了少年毛泽东的远大志向。"独立寒秋，湘江北去，橘子洲头。看万山红遍，层林尽染；漫江碧透，百舸争流。鹰击长空，鱼翔浅底，万类霜天竞自由。怅寥廓，问苍茫大地，谁主沉浮？携来百侣曾游。忆往昔峥嵘岁月稠。恰同学少年，风华正茂；书生意气，挥斥方遒。指点江山，激扬文字，粪土当年万户侯。曾记否，到中流击水，浪遏飞舟？"这首《沁园春·长沙》写出了毛主席年轻时志在救国的远大抱负。这一座毛主席的雕塑，日日屹立在这橘子洲头，让后人来景仰毛主席。

随后，我们来到毛主席的故居，只见门上有一块匾，匾上写着"毛泽东同志故居"，这块匾是邓小平题写的。屋顶是青瓦顶，墙是泥砖墙。故居面积有233平方米，房屋的朝向是坐南偏北，是典型的南方常见农家住房形制。中间堂屋两家共用，从故居堂屋转过右厢房，右厢房第一间是吃饭的地方，第二间是毛泽东父母的卧室，还有碓屋、横堂屋、牛栏、猪栏等各种功能的房间。按当地人习惯称，这种形制叫一明二次二梢间，左右辅以厢房，进深二间，后有天井、杂屋，全部是土木结构，泥砖墙，小青瓦。房舍十分简陋、粗朴、自然而恬淡，与江南普通家庭没有什么区别，充盈着农家小院泥土的芳香。右厢房第三间，是毛泽东少年时代的卧室兼书房。抬眼望去，仿佛看到少年毛泽东正坐在窗边读书。走进屋里，丝毫也感觉不到领袖宅院的那种森严、豪华和奢侈，一下把一代伟人与平民百姓拉近了。在毛主席家里，我如同回到自己久别的乡下老屋，团聚在父母身边，许久没有过的亲切、温暖、幸福感直冲心田，久久不能平静。

毛主席故居里没有一件像样的家具，有的房间摆放一张床、一个板柜，有的房间仅有一张床，床铺上一家人使用的白色纱帐还依然轻轻撩起，粗布制作的被子收拾得平平整整，静静地放在原处，是等待主人归来，还是主人才刚刚离去？望着床头上毛主席父母的合影照和毛泽东、毛泽民、毛泽覃三兄弟的照片，仿佛还能听得见兄弟几个朗朗的读书声和嬉笑声，父亲、母亲的谆谆教诲声，让人心潮汹涌，思绪万千。由于是千里迢迢到江南瞻仰毛主席故居，大家谁都难舍难离，不停地徘徊在木床间，看了一遍又一遍还觉不够，反反复复搜寻屋里的一切，仿佛想从墙角桌缝抠出些灵感似的。遥想1893年12月26日，毛主席就出生在这间泥土屋，每个人幸福的脸上都挂满了喜悦的泪珠。有人还不停地用双手触摸着毛主席一家人用过的柜子以及屋里的一切，包括门上的把手，试图从中感受一家人生命的气息，那种按捺不住的情感，从内心里表现出对一代伟人的崇敬之情与感恩之心。

众人一边品评着伟人毛泽东，一边回首凝望着一代伟人诞生的故里。故居后靠着松竹蓊郁的青山，树梢摇曳在海青色的瓦顶上，如此让人心动。故居前是毛主席少年时代劳动过的田地、禾场。微风轻拂，菜叶轻盈，彩蝶纷飞，那种田园气息又无不让人心情愉悦。顺着田地眺望远方松竹青青的群山，让人有一种悠然自得的祥和。东侧院门外是三五株桂树，树下有石墩、石椅，又让人联想到昔日毛主席及亲人乘凉、读书的情景。再往前挪动十几步，便是两汪碧绿的圆形荷塘，这是毛主席少年时代游泳的场所，如两颗翡翠，在阳光下熠熠生辉

韶山之行，受益匪浅，领略了韶山之风光，读懂了伟人的成长。昔日的梦想变成了现实，不虚此行，永远难忘。

2015年8月19日

雀儿声声

仲夏，尽管不时下雨，走在街上还是热得像是进了桑拿蒸房，让人头昏脑涨，我大汗淋漓地回到家，立马打开空调，然后痛痛快快地冲了个凉水澡，十分惬意地仰躺在宽大的沙发上，闭目养神。

忽然，我的耳边传来"叽叽喳喳"的声音，我起身轻轻地拉开窗纱，循着声源，透过玻璃望去，看到两只麻雀立在一盆吊兰上，你一言我一语地聊个不停。

我既惊喜又纳闷，惊喜的是，在这个静寂的窗口能看到麻雀，纳闷的是这两只淘气的小家伙是从哪儿飞来的呢？自从我住在城里起，难得看到麻雀，总认为麻雀是乡村的"专利"。这两个不速之客怎么会闯入不属于它的活动区域呢？是它好奇心的驱使？是它糊里糊涂、胆大妄为？想到这儿，我情不自禁地打开了窗门，这一打开，把它们给惊飞了。我仔细观察后发现，是我用洗米水浇花时，不经意间把米粒掉在了花盆里，引来了小麻雀的光顾。我做出了判断——它们一定是失去家园的流浪麻雀。

这一发现，我心里就像是打翻了五味瓶，说不出是什么滋味了！

记得小时候在农村，麻雀很多，一大早起床，首先听到的是麻雀的叫声，看到它们一群一群飞到庄稼地里觅食，还抽空捡一些枝条和草絮去搭巢，或飞上高大的枝头，或遁入低矮而蓬乱的灌木丛中。尤其是稻田里的稻穗熟了，农人们开始收割庄稼时，田里留下一茬茬稻草桩子，麻雀会停息在上面探头探脑，叽叽喳喳唱个不停，只要有人来，它们就会惊飞起来，等人走后，它们又会飞回稻田觅食，给寂静的田野带来几分喧闹和欢乐。可是，农人们怕麻雀把庄稼吃了，就将稻草，扎成人的模样，给它穿上衣服，戴上斗笠，用一根竹竿插在田边地头，来吓唬麻雀，麻雀见到稻草人，根本分不清是真是假，只能怯怯地飞来飞去，而不敢放肆地在田野里啄食庄稼了。

　　那时我觉得大人们太过小气，那麻雀小小的能吃多少东西啊？分点给它们吃又有什么关系呢？可能是那时太穷了，就麻雀的一点微薄的要求也不能给予满足。

　　现在我能为这两只麻雀做点什么呢？对了，我要为它建一个家园，说干就干，便拿起手机向住在附近的乡村朋友求助，请他们帮我拿些稻草来。

　　朋友问我稻草拿来干什么？我说，要帮助麻雀做一个家，她哈哈笑个不停，笑够后批评我说："你真是个书呆子，你傻呀！麻雀要的是自己做的窝，你为它做的家园是不会住的，再说，我这里的稻田都被人征去建楼房了，没有人种稻子，哪来的稻草啊？"这下我更加确定，因稻田没了，麻雀的家也就没了，所以这两只麻雀才会流浪到我的窗前，同情心从我心中油然升起，下决心一定要找到稻草为这两只可怜的麻雀，建一个安稳的家。

　　通过我的多方努力，找到了一位朋友的朋友，从偏远的小乡村，帮我找来了一把稻草。这时我才真正理解"救命稻草"这句话的含义。

　　我把稻草做成麻雀窝的样子，郑重地放在窗台上，然后在窝的周围撒上一些米粒，就等着可怜的麻雀来住了。

　　一天、两天、半个月过去了，这两只麻雀仍然没有出现，撒的米被雨水淋湿后，变得有点发黄，我赶紧把这些米粒扫去，再放上新鲜的米粒，盼望麻雀的到来已成为我最重要的任务。我像小偷一样在房间走动，生怕因脚步声太大让麻雀望而却步，不来安家。可是，无论我多么热心，麻雀还是没有踪影。我担心它们流浪的路上是否平安？我的心情很是失落……

因失落的心情无法排解，晚上便去散步，走到了广场，看到一对大约二十五六岁的男女并肩站在广场上，一个拿着麦克风演唱，另一个弹吉他伴奏。在他们脚下，放着一个四方的便携音箱，别看它个头不大，能量却不容小觑，尤其是在空旷的大坪上，借着晚风，声音能飘出很远："我像只鱼儿在你的荷塘，　只为和你守候那皎白月光，游过了四季荷花依然香，等你宛在水中央……"歌声婉转，情感丰富悠扬，许多人情不自禁地跟着轻声哼唱起来。

起初以为是业余歌手，晚上出来练唱，一问才知道，原来是两个流浪歌手，前来招揽生意。看到大家饶有兴致，边上走出了一位男的，四十岁左右，像是他们的家长，一手拿着点歌单，一手拿着笔，热情地请我们点歌："他们是从艺术院校刚毕业的学生，还没找到工作，不算太贵，点一首歌，收费10元。"我想，应该支持一下他们，就掏出十元点了一首，可能是因为有人带头，且他们的歌声确实好听，就你一首他一首地点开了。

他们唱了一首又一首，观众高声喝彩、鼓掌，还有人跑上去，与歌手合唱、合影，许多人拿出手机拍下了这个美妙的镜头，很快把现场气氛推到高潮。他乡之客，萍水相逢，虽然素昧平生，但此时此地，陌生人之间已经没有距离。两个歌手越唱越兴奋，想停下来喘口气都没时间，于是，两人开始轮流演唱。

歌声嘹亮，引来不少路过的人驻足围观。就在这时，两个穿着制服的城管就像是从天而降，忽然走到歌手面前，面无表情地说："请问你们有演出许可证吗？请出示。"两个歌手顿时慌了，支支吾吾，半天说不出个所以然。

街头卖艺的，哪来的许可证，城管当然心里有数，他们说："请你们现在离开，此地不能演出。"

我求情说，我的钱交了，就让他们唱吧，一来这么大的广场空也是空着，二来也能给大家增添点文化生活，他们歌唱很好听啊！"不行！"穿制服的回答很有力度，不可抗拒。两个歌手，满脸通红，羞答答地要把还没有唱歌的钱退还给大家。我的情绪有点激动，故意大声地说："你们不容易，我10元钱不用退了，就送给你们了！"这时感人的场面出现了，大家都说送给他们，都拒绝收回钱。有一位男士还从兜里拿出200元要送给他们，可是他们却谢绝接受。人群陆续散去。他们背起行囊迈着沉重的步履消失在夜幕下。

  我看到这个场景，心情更加沉到了谷底，迈不开步子，觉得他们就像是飞到我窗前的那两只流浪的麻雀，真希望她们能穿越这烈日灼人的季节，寻找到属于她们的美好家园。

2012年7月15日

山野的杜鹃花

和煦的风儿，夹带着丝丝小雨，把春的气息送到城市的每个角落。人们脱去厚重的冬装，换上了色彩斑斓的春服，身轻如燕地走在户外，沐浴着暖暖的春风和缠绵的细雨，尽享春的诗情画意。

我也不能错过这大好时节，漫步走在山野的小路，那杜鹃花，一团团，一簇簇，开得那么热烈，那么绚烂，把春天绘成一幅锦绣画卷。我静静地在杜鹃花面前伫立，静静地观赏它出类拔萃的美艳，心弦不由被轻轻地拨动。

我的故乡在群山环抱之间，修竹茂林，一年四季焕发着勃勃的生机。山间泉水哗啦，山脚河流潺潺，一派别致的田园风光。每到四月，杜鹃花开了，一串串，一簇簇，漫山遍野，一片火红，似燃烧的云霞压在枝头，蓬勃了春光。醉人的春色呀，因这一树树的杜鹃花而格外抢眼，赏心悦目。儿时的我和小伙伴们会把杜鹃花采摘下来，取其花冠，塞进嘴里。轻轻一嚼，真是怡人的酸甜呀，丝丝缠绕舌尖，唇齿留香，久而不绝。放学回家，便摘下几枝，养在花瓶里，使小屋充满了春光。在清明扫墓时，人们会将杜鹃花供奉在亲人的墓前，以表慎终追远之情。那时我总以为，杜鹃花是为去世的人们而生的，是送给逝者最美好的礼物，要不它为何总在清明时开放呢？想来，它是在提醒人们要讲孝道吧。因此，我对杜鹃花不仅是喜欢，更多的是敬重。

这让我想起宋朝诗人高翥写的《清明》："南北山头多墓田，清明祭扫各纷然。纸灰飞作白蝴蝶，泪血染成红杜鹃。日落狐狸眠冢上，夜归儿女笑灯前。人生有酒须当醉,一滴何曾到九泉。"意思是说,清明焚烧的纸灰像白色的蝴蝶到处飞舞,凄惨地哭泣,如同杜鹃鸟哀啼时要吐出血来一般。黄昏时,静寂的坟场一片荒凉,独有狐狸躺在坟上睡觉。夜晚上坟归来的儿女们在灯前欢声笑语。因此,人活着时有酒就应当饮,有福就应该享。人死之后,儿女们到坟前祭祀的酒哪有一滴流到过阴间呢?在我看来这首诗还有另一层意思:父母健在时,作为子女的要好好孝顺,等到清明扫墓时,你就是送去再多的物品父母也是感受不到的。所以孝顺不能等,应孝在当下才是啊!

  杜鹃花自古以来就深受人们的喜爱,在民间流传着不少有关杜鹃花的感人故事。古蜀国杜宇自立为王,号曰望帝。杜宇凿巫山治水有功,但其自以为德薄,乃将国事委托鳖灵,自己修道西山。在修道中,杜宇还是放心不下国家之事。杜宇死后,仍思念着他的臣民,其灵魂化为杜鹃鸟,声声鸣叫:"百姓生活!百姓生活!"鸣叫得口流鲜血。血滴漫山遍野,每一滴都开成杜鹃花缀满神州大地。历史上不少诗人依托此传说抒发情感。唐代诗人韩偓在《净兴寺杜鹃一枝繁艳无比》中写道:"一园红艳醉坡陀,自地连梢簇茜罗。蜀魄未归长滴血,只应偏滴此丛多。"宋代诗人杨巽斋在《杜鹃花》中写道:"鲜血滴滴映霞明,尽是冤禽血染成。羁客有家归不得,对花无语两含情。"

  唐代大诗人白居易《山石榴寄元九》一诗中云:"闲折两枝持在手,细看不似人间有。花中此物似西施,芙蓉芍药皆嫫母。"他把芙蓉、芍药比作"丑妇",把杜鹃比作"西施",反映出他对杜鹃花是怎样的推崇。穿越悠悠千年时光,人们依然认可白居易对杜鹃"花中西施"的形容。而我最喜欢山野杜鹃花,是因为它不需要物质的豪华,只要有一点阳光,一点雨露,一些泥土;它不怕困难,意志坚强,不论是冰雪严寒,烈日烧烤,还是狂风暴雨,照样能活出精彩;它朴实无华,淡定从容,不孤芳自赏,不矫揉造作;它的思想很简单,只有一个目标,每年定时让自己纵情绽放出灿烂的花朵,向人们展示其最纯洁的自然美。

如今在故乡的春天里,再也见不到那满山遍野杜鹃花了。只有在城市中看到人工栽培的杜鹃花,那红似火焰、粉如云霞、白若飘雪的各色杜鹃花的确点缀了城市的风景。当我看到那一盆盆各种形态的杜鹃花,就会想起故乡山野的杜鹃花,真切地感受到,那些被当作装饰品的杜鹃花缺少一种野性的生机和活力。清晨,听不到鸟儿啼鸣,无法享受到"杜鹃枝上杜鹃啼"的惬意;夜晚,没有蛐蛐的长吟,也不会有蝉儿饮着清露在身旁栖息,相依相伴。山野的杜鹃花,自然地生长,随着季节变换而开放、凋零,最终化作尘土,不必去考虑他人的眼色与好恶,那一分悠然自得与充实,才是最洒脱、最自由、最纯美的呀!

今天又见到了山野的杜鹃花,怎不让我激动万分。你看这红红的杜鹃花在阳光下就像是美丽活跃的小精灵,引来蜂蝶成群飞舞,热闹非凡;又如倒悬的铃铛,在风中摇曳,敲出和谐之音;更犹若身披锦缎的少女,翩翩起舞,条条花蕊,似纤纤玉指直指苍穹,美不胜收。我几次想伸手触摸它娇美的花瓣,但都忍住了,生怕亵渎了它的美丽,惊扰了它的春梦。我依偎在杜鹃花丛,倾听着花的细语,有一种无法言语的气息和思绪从心中溢出,充满了宁静和快乐。

2015年3月13日

善良的黄包车司机

  2016年8月3日上午,我到建阳中医院看病。走到步行街的尽头处,那里停着许多待客的运输车,有黄包车、摩的、小四轮客车。环顾四周,载客师傅有的无精打采地低着头,有的望着童游方向,期盼有人过来坐他的车,有的望着我,希望我能坐他的车,可脸上却没有表情。我发现离我最远的左前方有个人正望着我,他与别人不同,脸上挂着笑容,纯朴而真诚。我还发现其他人的黄包车都是改装成电动的,如摩托车一样不要用人力驾驶,而这辆是没有改装的,完全要靠人力用脚踩。我本想坐电动的黄包车节省时间,可当我正要踏上就近的一辆黄包车时,又瞥见远处那位满脸微笑的黄包车师傅。我瞬间对他产生了好感,同情心从胸中油然而生,觉得应该坐他的黄包车,因为他的黄包车可能很少有人坐。于是,我穿过车群来到了他的面前说:"师傅,我坐您的车去中医院好吗?"他可能是激动,一时口吃了起来:"哦,哦……去下面的中医院是……是10块钱。"这时,我发现所有待客师傅都转过头来,脸上都有了笑意,有的还笑出了声,那笑声明显带着鄙视。我笑着说:"师傅,我看得出来您人好,所以我要坐您的车。"说完,我就义无反顾地坐上了他的车。

  他跨上车猛力地踩着,车轮发出"嘎吱嘎吱"的叫声,那声音叫得我好不揪心!我忍不住问他:"师傅,您车轮是不是生锈了?也该洗洗上上油啊!车都在呻吟了,好像在叫它很疼啊,我听了很不好受哦!多么可怜的车呀,您为何不改装成电动的呢?"因路上车来车往,加上他吃力地骑车,他回答我的声音很小,听不清他说什么。本来就咳个不停的我,咳得更厉害了。他也更加用力地骑车，可仍然很慢，就像是老牛拉破车。看得出来他也很着急，衣服全被汗水湿透了。我有点过意不去，叫他别急，慢点。可他不听，还是拼命用力地踩着那"嘎吱嘎吱"的车子。

  总算到了目的地，我拿出10元钱给他。没想到，他却拒绝接收，还不停地向我道歉："对不起！对不起！车子太旧了，让您坐得很难受，很不好意思，对不起！我不能收您的钱。"我说："过意不去的人是我。看您满头大汗，这样辛苦，如果再不收钱，我会更难受了呀！"我把钱塞给他就跑。他追上我，硬塞给我5元钱，说："那我收您5元钱吧。请问您前几天有坐我的车吗？有个女的前几天坐我的车忘记拿伞了，人我认不清了，她下车时我没有发现伞。"我听了他的话很感动！

  多么善良的人啊！我认为世界上没有什么比善良更美丽的了。愿世间善良常存，好人一生平安！

2018年8月4日

生命中有野草相伴

对鼠曲草,我有一种难以割舍的情愫。每年的阳春三月,我都会兴致勃勃地与朋友一起驱车到郊外采鼠曲草。

鼠曲草,它是一种一年生或二年生草本,在民间有很多称谓,如追骨风、绒毛草、鼠耳草、无心草、黄花白艾、佛耳草、茸母、黄蒿、米曲、毛耳朵、水菊等。鼠曲草有种独特诱人的香味,唐代诗人皮日休有诗句:"深挑乍见牛唇液,细掐徐闻鼠耳香。"鼠曲草全身都是宝,不仅能当粮食,还能治病,有祛痰、止咳、平喘等功效。在饥荒的年代,它是苍天赠予我们的一份美食。一想到它,我的内心就充满了感激。

我的家乡是一个有山有水的好地方。打开家门,可以看到大大小小的青山、大片农田及草地。当春天一到,家门外随处可见各种野菜,有苦菜、马齿苋、酸酸草等,而鼠曲草尤其多。只要一场春雨滋润,稻田里、田埂上、荒地里、水沟旁、路边上就长出了许多鼠曲草。它有着旺盛的生命力和广阔的生长空间,只要泥土里留下一点根,很快就摇曳在春光里。

儿时的春天,尽管是生机勃勃的季节,但对我家来说却是青黄不接的日子,是饥饿的开始。那时,农村人吃的口粮,是生产队按照每个家庭劳力所挣的工分来分配的。我父亲参加过解放战争,在一次战斗中负过伤,身体很差,不能参加体力劳动。大哥和我又尚年幼,一家五口的生活,全靠当小学教师的母亲每月31元工资来维持。

在那生活贫苦而粮食不够吃的年代,鼠曲草便成了我们的食粮,养活了饥肠辘辘的我们。每到春天,放学后或星期天,我就会和大哥一起采鼠曲草。一撮撮、一片片的鼠曲草，在艳阳下微笑，在微风中点头，好像在迎接我们的到来。贪玩的我，总是边玩边采。篮子满了，怀着收获的喜悦，和大哥一路欢歌往家赶。回到家里，我们一朵朵地检查，把枯叶残枝去掉，拿到门前水井边用清水洗干净。沐浴后的鼠曲草，顿时抖起精神，像美丽的花儿竞相开放。我欣赏着，更期待着奶奶做那清香的绿色美宴：奶奶会把鼠曲草先放在开水中焯一下，再放在清水中漂洗，把苦味去掉后剁碎了加点地瓜粉，或捏成饭团，或压成大饼，或加点米煮成黏黏稠稠的粥，还可以放一点米粉揉成一团，中间放上一点酸菜和小笋丝，放在油锅里煎成油光碧绿的圆圆粿。不管怎样制作，一家人都可以吃得津津有味，齿颊生香。

　　我感激家乡的鼠曲草，让我度过了饥饿的童年。不久前，我看了《温故一九四二》。我恐惧地想，如果童年时候没有鼠曲草充饥，在长期饥饿的状态下，悲剧会不会再现？每每品尝着美味的鼠曲草，总能勾起我对童年生活的苦涩回忆，别有一番滋味在心头。

　　因为对鼠曲草的那份情感已深深地植根在我的内心，每当我望着田野和山川，总是情不自禁地想起童年采鼠曲草时的情景，引发对过去美好的生态环境的无限向往。那时的乡野简直就是一个天然的大粮仓，春有野菜，夏有鱼虾，秋有野果挂满山。饿了只要你走出家门，到处都是天然的食品，准能让你满载而归，那是挖也挖不尽、吃也吃不完的天然粮食啊！

　　如今的日子不愁吃不愁穿，餐桌上鸡鸭鱼肉、山珍海味应有尽有。但一到春天，我仍会去采鼠曲草，踏在松软的土地上，呼吸着清新的空气，闻着泥土的芳香，感受着缕缕春风的清爽，手里握着采来的鼠曲草，那份喜悦，那份感动，是从心底里的感恩。因为生命里有野草相伴，我备感充实，生命有价，从容坦然。

2013 年 3 月 10 日

我愿做一棵乌桕树

有时我在想，倘若有选择的话，我愿意做一棵树，一棵置身于贫瘠的土地上，面对刺骨的寒风，却始终表现出奋发向上的乌桕树。

乌桕树没有挺拔笔直的树干而成为栋梁，没有屈曲遒劲的枝条以供观赏，没有一树繁花而蜂飞蝶舞，没有清甜的果实让人齿颊留香。但是，我佩服它顽强的精神：它一枝枝，一脉脉，常常被人砍掉当柴烧，做成木桩和犁田的把子，无论遭到怎样的摧残，可到了来年，它依然焕发出生机，枝繁叶茂，果满枝头；它年复一年，无怨无悔地把全部的精力贡献给人类。

对大多数人来说，乌桕树实在是一种极普通的树，普通得如它脚下的泥土，普通得如中国之黎民百姓。然而，我对这种极普通的树，却有一分深情。记得在我小的时候，家乡的公路边排着有三公里长的乌桕树，我不知道这些树是哪年种的，从我懂事起，这些树就长在公路边。它们在我的眼里就像是解放军战士，不辞辛苦日夜守卫着我的家乡。

盛夏时，赤日炎炎，乌桕树绿满枝头，树上不时有白鹭盘桓，时而飞翔，时而单足立在树枝上，更有斑鸠、麻雀、知了相伴，一天到晚歌唱不休。这时的乌桕树下是我们孩子游戏的乐园：树荫下，玩石子，走军棋，男孩子有时爬上高高的乌桕树去捉知了、掏鸟窝，欢笑声洒满了整个河岸。

秋天来了，乌桕树叶呈现出火红的颜色，像一大团燃烧的火焰，美丽而富有诗意。一颗颗青青的果实缀满枝头，与火红的叶片互相映衬，色彩斑斓,是深秋的一道亮丽风景。这时,我们天天盼望着冬天到来,盼望着采摘乌桕籽的日子。

　　初冬红叶落尽时,一簇簇黑黑的乌桕籽咧嘴后,里面露出的洁白籽儿如同珍珠一样清新靓丽,银光闪闪的籽儿,一簇簇,一丛丛,在冬日的阳光照射下格外耀眼夺目。远远望去,满树像盛开的一朵朵白梅,这时就是收获的日子。大人搭起长梯,用长长的棍子绑牢月牙镰刀,猴子般地爬上粗大的树梢。缀满枝头的乌桕随着"咔嚓"的声音,纷纷坠地。我和哥哥早已把书包里的书倾囊倒出,用来拣拾那些散落在泥土里的乌桕籽。每每一枝落下,小伙伴便一哄而上,有的故意用脚去踏踩,以便得到更多的乌桕籽,有胆大的直接在落下的树枝上摘。你推我,我揉你,泥土沙子满脸都是。叫骂声、嬉笑声一片狼藉,弄得树上铲乌桕枝的大人停下手中的活儿,拼命地喊叫:"离远点啊!不要靠近呀!当心树枝砸到头啊!"可任他怎么叫喊我们就是不走。树上大人的嗓子都喊哑了,那粗犷的喊叫声在平静的空中回荡着。直到现在,那幅"童子夺乌桕籽"的画面还不时地出现在我的脑海里。

　　捡来的乌桕籽抬回家抒净,放在太阳下晒干后拿到小镇上去卖。收购站的工作人员根据桕籽饱满、色泽等情况评出等级,然后就可以兑换为钱币了。这是我们最快乐的时刻。记得那时四分钱一斤,一次能兑一两元。我们便满怀喜悦地奔向商店用换来的钱去买小人书和学习用品,余下的可以买几颗糖果揣进兜里,回家把糖果纸剥了,塞进奶奶的嘴里。奶奶"啧啧啧"吮吸甘甜的糖果,沧桑的脸上不由得舒展开来。

　　日月如梭,乌桕树以它的仁慈伴随着我一天天长大。在乌桕树下不知发生过多少喜怒哀乐的故事,不知演绎着多少个绚丽多彩的童年。因此,乌桕树在我的心目中是一位世间难得的大好人,成为我学习的楷模。记得在读小学时,同学们写作文都写学习雷锋好榜样,而我却写学习乌桕树好榜样,当老师的母亲问我,为什么写的和大家不一样?我理直气壮地说:

"雷锋精神很容易做到，而乌桕树的精神很难做到啊！"

如今，故乡因公路改造把乌桕树全部砍了，虽然见不到它的身影，可在我的记忆深处乌桕树永远是那么挺拔，依然焕发着勃勃生机。我一想到它，就感到无比温暖，就有一种向上的力量支撑着我去努力做一个好人。

2011年5月7日

无名草

我在窗台上精心培育着一盆花，不知为什么花儿却一天天消瘦下去，直至最后枯萎死去。

过了一段时间，花盆中竟长出了一颗翠绿的不知名的草，我理也不理它。

不久，无名草也开始发黄，慢慢地只剩下两根泛黄的草茎可怜孤单地摇曳在窗台上。

我每天伏案，每要抬头放眼远望时，枯草偏偏横居前头，阻挡视线。于是，我把它整个扔进了水沟里，窗台上便空然无物，大可直视无碍了。

时隔已久，偶尔路过水沟边，只见其中有一蓬青草长得分外娇嫩翠绿。细想之，这不就是自己丢弃的那盆枯草吗？在我记忆快要淡忘时，却又瞥见了它，我好后悔，当初怎会吝啬于平时那一杯随手倒掉的隔夜茶水，而窃以为其已枯死。否则，空寂的窗台，该会有一丝生机，视野中将会有一抹新绿。

是吝啬、是懒惰、是健忘，我竟连小草所需的一点水也不能满足，不过于花于草我还有一线挽回之地，不妨将其捞起，冲洗一番，再植盆中。而生活中，就没有这么简单的回旋之处了。有多少人，要求的是那么少，给予的是那么多，而却常常被怠慢，未能满足其一点菲薄的本分之求，使之消沉。其实有时候只要我们稍加努力或略有行动，便能使之旗鼓重振，为国为民多出一分力量，这种很简单的事，我们又有几个人认真地去做了呢？

1998年11月30日

想起那把雨伞

雨淅淅沥沥地落下。独倚窗台，街上那五颜六色的雨伞，又勾起了我对一段往事的怀想。

1997年11月，大哥突然病倒，住进了省协和医院。在陪护的那段日子，我的心里总是隐隐地浮荡着忧伤，就像那空气中弥散的药味，难以言喻，挥之不去。

我们没有在医院食堂就餐。每到吃饭时间，我便上街买饭菜。省协和医院附近的饭馆、酒店多得是，走上街，就会碰到满脸堆笑、拉客吃饭的伙计和小姐，或许是因为听多了奸商"宰"客的故事，或许是我当时的心境实在太坏，面对"拉客"们的热情和好意我总是莫名地感到难受。

那天晚上七点钟左右，我在一家较偏僻的小店买好饭菜，正准备往回走，老天突然下起了滂沱大雨。我没带雨具，只好无奈地站在小店门口前的屋檐下，怅然地望着那些四处溅跳的雨花怎样汇成浊流，远远流去。

忽然，耳边响起一个清脆的声音："小姐，还不走，没带伞吧？"我回头一看，一个四十出头、面容姣好的妇女从店里走出来，向我递来一把伞。没等我开口，她接着说："用我这把，饭菜都凉了！"我一时懵了，愕然间竟忘了致谢，接过伞便冲着了出去。

十几年过去了，这段往事，常常在我的眼前闪现，勾起我对那把雨伞的怀想。一个以营利为目的的小店老板，竟能主动将自家的雨伞送给一个素不相识且不知去向的人，这实在让人感慨！我读沈从文，读叔本华，读尼采，读海德格尔，大师们对人心不古、道德沦丧的深切忧虑，常使我扼腕不已。穿越俗世的风尘，我曾经看到过多少冷若冰霜、麻木不仁的面孔，可是谁能想到，就在那商业气息极浓的饭店门口，一个女老板的善举却深深震撼着我的心灵。

那个小店，那个女主人的面容，甚至那把雨伞的颜色都深深地印记在我的心里。在我的记忆里，它们已成为一种特殊意义的符号，闪闪发亮。

1999年9月30日

像树一样站立

"如果有来生,要做一棵树,站成永恒。没有悲欢的姿势,一半在尘土里安详,一半在风里飞扬,一半洒落阴凉,一半沐浴阳光。非常沉默,非常骄傲。从不依靠、从不寻找。"读三毛这首诗,我深深地被这些耐人寻味的文字打动,朴实的语言,没有华丽的修饰,却让人深深沉思,在沉思中感受这一分韵味,美的不是文字,而是这一句"站成永恒"的牵动。

树,从一粒小小的种子开始,过不了几年,就能成为遮天蔽日的参天大树。随着岁月更迭、时光变迁,树不仅没有变老,反而让自己的生命愈加蓬勃昂扬,以挺拔的站姿坚守脚下的土地,为脚下的土地撑起一片绿荫。

我在建阳考亭破石村的麻阳溪畔,见到两棵并肩而立、身材巨大、郁郁葱葱的古樟树。它们的根犹如古藤盘根错节匍匐在地面上,坚如磐石;树干粗壮挺拔,气势非凡;枝丫遒劲伸展,扶摇苍穹;树叶苍翠茂密,郁郁葱葱。其中一棵历经1200多载,高36.2米,树围10.49米,树冠覆盖900平方米许。在树干处,有一个似蛋形的小洞,朝里看,可见一尊佛像。小佛像是怎么钻进树的"肚子"里呢?我百思不得其解。

有一位老人告诉我说,在"文革"期间,"破四旧"运动大规模展开,所有的寺庙,佛像首当其冲被打砸。眼见"灾难"即将来临,几位村民为了保住这尊佛像,壮着胆子,乘着夜色,将佛像偷偷抬出来,藏进了这棵樟树的洞中。随着樟树一天天长大,佛像被渐渐地包裹住了。

还有人说,朱熹逝世后,人们为了纪念他,在古樟树树干中塑其神像，以表慎终追远之情。随着岁月流逝，香樟树裂口逐渐愈合，形成了这一奇景。如今更是成为中华一胜景，引来无数游客，参观的人络绎不绝。

在当地人的眼里，这棵古樟树是有灵气的，是他们的"树神"。因此，村里人有事没事总喜欢到树下坐一坐，聊聊天，感受它的灵气，体会它的亲切。

这棵古樟就这样生长着，记录着人间的沧桑巨变。我觉得它不再是一棵树，而是一个阅尽沧桑、宽厚仁慈的老人。我喜欢它的倔强，虽年事已高仍尽显飒爽英姿。我每一次经过它的身旁，都会肃然起敬！我不得不感叹它平凡而顽强的生命力！

自见证了树奇迹的那一刻起，我就对树始终怀着更深的敬畏。有时候，人确实要像树一样站着，面对人生许多磨难的考验，选择不放弃希望，使自己适应环境而变得更为坚强。只有对生命充满无限热爱和向往，才能够活得更加灿烂而精彩。

2002年6月15日

馨香的苦艾

童年的往事，虽然像秋日的晨雾，有的朦胧了、淡化了，然而那一束馨香的苦艾，却让我难以忘怀。

苦艾，是一种中药，为多年生草本，叶似菊，表面深绿色，背面灰色有茸毛。

在我的家乡，孩子们对草都有一种深深的感情。苦艾，在我的印象中，并不像寒风吹过山岗时起伏有致的茅草，也不像夏日的黄昏溪边，被晚风染成褐色的绿草。我从来没有留意过这种色形都怪怪的草，是怎样在草族中挺立它的身姿，怎样生长于路旁、田边、草地、清澈的泉水边，独自承受无边无际的寂寞与空虚……

记得小时候我放学回家，喜欢和哥哥到山边野地里采苦艾，用绳子捆着扛回家晒干，扎成一束束的。夏天夜晚将房门打开，用点燃的艾秆熏蚊虫，一股幽幽的馨香飘来，在四周弥漫。那时我还常跟随大人去采集苦艾叶，将一片片嫩嫩的艾叶摘下来，洗干净，放在水里焯一下，再用清水漂洗、打烂，掺上米浆做成艾粿吃。艾粿里包着酸菜和笋丝，咬一口便有一股淡淡的清香。我很能吃，奶奶见我狼吞虎咽，便笑着说："要小心，别把舌头吞了！"

到了端午节，家家的孩子都在脖子上戴着香袋。香袋里装有几种极淡极淡的香料和一些艾叶，用剪成心形的布包好缝在花绳上，说是可以避瘟祛邪。端午节那天天色刚亮，家里的大人便去采集新鲜的艾叶，回来后把它插在自家的大门和房门框上。它的大用场应该是可以入药，可以制成艾绒供灸病用。农村还有些人家会储存一些艾秆，遇上大人、小孩偶感风寒或肚疼、牙疼，熬一碗汤喝喝，也能解决问题。

记得有一次我得了荨麻疹，先是感到大腿奇痒难忍，接着全身开始长出白色的团块，越抓越痒、越抓越多。奶奶用一个火笼铺上一些干艾叶，放在床上叫我躺在上面盖上被子熏。说来真奇了，不一会儿，荨麻疹就全部消失了。奶奶还将生艾叶采了一把，放锅里打上一个鸡蛋一起炒熟了给我吃，说是吃了就会断根。还真是有效，从那以后我再也没有患过荨麻疹。

现在，家乡的小孩子端午节戴花绳和香袋、用苦艾驱蚊虫或做粿吃的恐怕没有了，但那淡淡的馨香和略带苦味的艾叶粿却留在了我的记忆里。

1995年4月6日

杨梅为什么这样红

昨晚和几位朋友路经建阳北门水果批发部,又看到了一筐筐紫中发黑的杨梅,把我的记忆拉回到几年前。

那是一天上午,我走在街上看到水果摊上摆着一篓篓的杨梅,杨梅大小不一,可是颜色一个样,都是紫中发黑。"是杨梅吗?怎么一个个的颜色都是统一的呢?"我低头问。"现在的杨梅都是这种颜色,可能是新品种吧。"摊主很干脆地回答道。

在夏季的水果中,我最喜欢吃的是杨梅,就买了两斤。拿回家用冷开水冲洗一下,奇怪的事情发生了:这一洗,那杨梅没有洗出任何杂物,可是却把一个洁白的碗染成了黑色,一抬手发现自己的手指也全变成了黑色,用洗洁精洗都洗不干净。

这下我才恍然大悟,为什么满街上的杨梅会是同一种的颜色了,原来是用染料染成的!我惊得目瞪口呆,赶紧把这个发现告诉朋友,别上当。可是朋友早就知道杨梅是被人染过颜色的。我一时气急,大声责怪朋友道:"你知道为什么不告诉我?你知道为什么不向工商举报?你这不是纵容那些不法商贩害人吗?"朋友却很冷静地说:"前些天,我到超市买了几斤黑米,拿回家一洗全变成了白色。买几只乌黑色的金鱼,没养几天也全变成了不三不四的颜色。这样的事多着呢,都见怪不怪了!我以为你知道这事,所以我又何必多此一举呢?"她的回答理直气壮,让我哑口无言……

后来,虽然听说工商人员上街检查,把这些杨梅通通给没收了,但是我还是高兴不起来。朋友看我为杨梅的事很是郁闷，便提议去采杨梅，她说："要想吃到纯正的杨梅，就得自己去山上采。"此言一出，惹来其他几位姐妹的极力怂恿。于是，我们几个便坐车一同前往周墩村采杨梅。

周墩村离建阳城区二十多公里。汽车绕过一段路后，带路的朋友让我们把车停在路边，带着我们走过田园，绕过山路，来到了周墩村。村并不大，但可以感受到这里的民风特别淳朴，村民特别的友好。我们说明了来意，他们争着为我们带路。

我们沿着山路攀登，山不是很高，沿路有许多果树和满山的翠竹。村民向我们介绍说："我们周墩的杨梅是纯天然的，营养要比别的地方的杨梅更丰富。我们村的竹笋也是全市最好吃的。山上鸟很多，那叫声在我们看来比音乐要好听得多。"他们对家乡的热爱之情溢于言表，脸上洋溢着幸福的笑容，那种自豪感看得出来是发自内心深处的，让人好生羡慕。

不知不觉，我们来到了目的地。杨梅树特别耀眼，重重叠叠，高高低低缀满了杨梅，用"绛红欲滴，凝翠流丹"来形容一点都不为过。每一棵树，枝繁叶茂，如一把巨大的花伞，给我们带来了凉爽。轻风舞动着杨梅树，发出令人陶醉的沙沙声，这声音柔柔的、细细的，弥漫在山林，回荡在耳际。不时还有飞鸟轻盈地从杨梅树顶上掠过，唧的一声叨了一口杨梅肉远去了，给我们增添了不少情趣！

我看到满树的杨梅既欣喜又兴奋，举起手中的相机咔嚓地照个不停。实在忍不住杨梅的引诱，便摘下一颗细细地看，竟有龙眼般大小，在柔柔的日光下闪红烁紫。我忍不住咽了咽口水。先前读"玉肌半醉红生粟，墨晕微深染紫裳""未尝先觉齿流涎"时总觉言过其实，此刻，顿觉恰如其分。唇舌轻触，咬一口，汁水四溢，一种淡淡的清甜和甘爽夹杂着一点酸。啊，那是我吃到的最沁人心脾的味道！

姐妹们嘻嘻哈哈地挎着小篮子，都顾不上什么淑女形象了，穿梭在杨梅林中，时而踮脚，时而跳跃，争着采那出现在眼前最大且红至透紫的杨梅。采下杨梅就放到嘴里，一时大家的腮帮子都塞得鼓鼓的。有个姐妹甚至爬到树上，把篮子挂在树杈上，麻利地采摘那吸收最多阳光和雨露精华的大个杨梅。只见她对那杨梅垂涎三尺，两手却得扶住树枝保持身体平衡。急着吃杨梅的她干脆用嘴扯咬着杨梅，弄得满嘴通红，却没想到这个过程，全被我录了下来，逗得大家一阵欢笑。

我把这些美丽的画面尽收在我的相机后，便与姐妹们一起采摘起这难得的佳果。一会儿工夫，每人都摘下满满的一篮子杨梅，依依不舍地回到了周墩村。我们要求付钱给村民，他们却说："难得你们看得起我们这个小山沟，一点杨梅算得了什么，能值几个钱啊，再说那些杨梅，这一棵是我家的，那一棵是他家的，分也分不清啊。就当全村的村民送给客人的一点礼物了，我们欢迎你们明年再来采杨梅。"他们真诚的话语，让我又想起了那些将杨梅染色的不法商贩，他们的行为是多么的可恶。这鲜明的对比，让我们感到周墩村村民高尚的品德有多么的难能可贵！我感动得不知说什么好了，只能连声道谢。

我想，怪不得周墩的杨梅这样红，原来是村民用最纯洁美好的心灵培育成的啊！我郁闷的心情一时间被他们的善良化为天边的云朵飘得无影无踪。

2014年6月29日

一个补鞋女人

我家附近有个补鞋的地摊,时常坐着一个大约四十岁左右的补鞋女人。她神态坦然而平和,看不出她脸上丝毫的厌倦和烦恼。每次去补鞋我都会不由自主地走向那个补鞋摊。女人眉清目秀,温和纤弱。和那些高声吆喝大腔大调地与顾客争执着做生意的人不同,她的鞋摊总是显得安然宁静,顾客静静地来,又静静地走,这一方宁静与周遭的喧嚣形成了鲜明对比。

鞋摊是一个铺着塑料布的方方正正的大板子,各种补鞋工具摆放得井然有序,像艺术品,让人看了非常舒服。女人总是低着头补鞋,恬静地应答着来往的顾客。顾客来了,她就会抬起头笑着接过对方递给她的鞋,认真地看了又看该补的地方,与客人说好价格,然后又低头不慌不忙、仔细认真地摆弄着手里的鞋子。修修补补,粘粘切切,补完后收钱,每一个环节都不慌不忙,像行云流水一般。

无论冰雪严寒的冬天,还是烈日炎炎的夏天,在淅淅沥沥的雨中,在卷起沙尘的风中,她的身影依然那么坚定而又执着,尽管陪伴她的只是一个简易的雨棚。有一次雷雨交加,我正好急着用鞋,可是鞋跟掉了,我怀着试试看的心情前去找她。果然,她还坐在那儿忙着,让我非常惊喜。曾经,我找她补鞋子也会讨价还价,直到那一日,我彻底改变。

据说,补鞋的女人以前家境殷实,因为她的丈夫帮助朋友做生意担保了一大笔钱,朋友因公司经营不善负债累累,跳楼自杀了。她为了还清这笔帮朋友担保的钱，将房屋和店面都变卖了还债，于是生活变得捉襟见肘。因为补鞋不需要多大本钱，为了养家糊口，女人寻得一隅，做起了补鞋的营生。男的是一个单位的职员，身材修长，温文尔雅，每天下班后都会骑着一辆破旧但被擦拭得干干净净的自行车，默默地带着孩子一同过来帮忙。天黑了，一家三口拉着板车，伴着灯光、小声交谈着回到他们租住的小屋。透过他们言谈的宁静安然，让我看到了夫妻风雨同舟、共渡难关的美好！

有一次，我和女人攀谈起来，她说："我觉得自己为人补鞋没什么见不得人，不觉得自己做这样的事不好，比起一些昧着良心挣钱的人来，我更踏实。我不要求过很富裕的生活，只求过得心安理得，一家人能平平安安就是我最大的幸福！我每回听到客人拿回我为他们补的东西，面带笑容说谢谢的时候，我觉得我这劳动很光荣！"

她的语言平淡而真实。她的目标也许只是每日里多修补几双鞋子，多换几个拉链，以此换取几十元的生活费，可是她的目标求真而又务实。她用一种简单而质朴的生活方式诠释了生存的意义，用乐观豁达的人生态度揭示着生活的真谛！

于是，我的心里有了一种莫名的感动！那简易的地摊，那张写满沧桑却宁静的脸，那双柔软却长满老茧的手，让我久久不能忘记。当她把瑕疵修补为完美，当她把残缺修补为完整，当她用自己的双手给顾客带来满意，当顾客取到物品时对她露出笑容或者对她夸奖时，也许她的快乐早已超越了几元钱的修理费。但不可否认，这几元钱就是她维持生计的经济来源，正是一个又一个几元钱堆积起了她坚定而又执着的生活信念，让她用一个女人的坚强为一个家撑起一片晴空。想到此，我不禁对她肃然起敬，更为自己曾经的讨价行为感到汗颜。于是，从那个时候起，我养成了一个习惯，凡是去她的地摊，不管她开出怎样的价钱，我都欣然接受。只因为她风雨中从容的守候，只因为她那创造完美的手，只因为她认真执着、勇于担当的生活态度。

2014年7月18日

一枚小分币

清晨，雨过天晴，校园里落英满地，我突然发现残枝败叶间有一枚小分币，透过残叶闪闪发亮。

"小朋友，那儿有1分钱，捡起来吧！"

"1分钱？哼！"小孩不屑一顾地上前在小分币身上狠狠踩上一脚。

这一脚就像是踩在我的心上，不由地一阵战栗。我小心地捡了起来，看到银色的国徽现出了被踩的伤痕，往事又浮现在我的眼前。

还是在我读小学的时候，一个寒冷的冬天，上完最后一节课我便匆匆往家赶。母亲交给我一篮子碎布和一封信，要我把碎布送到公社收购站，卖了后将信寄出去。为了寄这封信，母亲翻箱倒柜地找到了这些碎布。母亲说："这是一封救命的信，一定要把它寄出去。你爸患了胆总管结石，需要马上手术，这是寄给外婆的信，要她想办法寄点钱来。"

我顾不得吃午饭，就一手提着篮子一手拿着信，冒着凛冽的寒风，一路跑到离家三公里远的收购站。

"7分钱！"收购站的一位胖阿姨称了称碎布，边说边把7分钱送到我的手中。寄信要8分钱，少了1分。我急了，求她说："阿姨，我要寄信，可是差了1分钱，你能不能再给我1分钱啊？我这信是……"我哀求地问。

不等我说完，她白了我一眼，就摇着胖鸭子似的身子走到里面去了，等了好长时间也没见她出来。我只好硬着头皮走到了邮电所。

邮电所里坐着一个年轻的姑娘，她扎着两根短短的辫子，圆圆的脸蛋倒是长得十分秀气。

"阿姨，我买一张邮票。"我踮起脚尖，把带着体温的七分钱小心翼翼地递了上去。

　　"还有1分钱呢？"她提高了嗓门。

　　"我只有7分钱，信是寄给外婆的，是……"我低着头，不敢抬眼看她，只是啜嚅着。

　　"不行，寄给谁的都不行，7分钱不能买邮票！"她很傲慢地将7分钱摔在柜台上。急得我心脏突突地跳，眼泪夺眶而出。

　　就在这时，一位花白胡子、戴着眼镜的老人走到我的面前。他用温暖的手抚摸着我的头说："小朋友，不要着急！"然后，他摸了摸裤子口袋，又摸了摸衣服口袋，终于摸出来了一枚锃光闪亮的1分钱硬币，那是一枚让我永生难忘的1分钱啊！

　　信终于寄出去了。不久，外婆寄来了150元钱，父亲得到了及时的医治，恢复了健康。

　　每当我想起这事，就会对这位好心的老人充满感激。从老人身上，我懂得了帮人者最伟大，善良者最美丽。也就是从那时起，我懂得了为善，知道了感恩，知道在别人困难的时候帮一把，就有可能给身处绝境的人带来生机。

　　现在生活条件好了，每每看到有些人花钱如流水，把雪白的米饭倒进垃圾箱，路边丢着咬了半口的面包……心里总不是滋味。心想：那些学生家长想必也有跟我一样的，饱尝过人生的甜酸苦辣，应该把艰苦奋斗、勤俭持家这一传家宝传给孩子啊！

1996年6月10日

一盆玉蕊满堂春

朋友送了我几个像洋葱头一样的水仙球,说是,每隔三五天换一次水,就会抽叶开花。水仙球白白胖胖的,我小心翼翼地把它们放在一个瓷花盆中,再铺上一层鹅卵石,倒入清水,摆放在客厅的茶几上。

在我的精心护理下,大约一个星期后,水仙球像是长着三头六臂的小哪吒,调皮地伸胳膊蹬腿,憨憨的,显得特别可爱。慢慢地,底部伸出了许多雪白的根须,接着从头部长出了小嫩芽,有食指宽,又长又扁,如同蒜叶一般通体碧绿葱翠。于是,我盼望水仙开花的心情就更为迫切了。

可是,水仙像故意跟我开玩笑似的,长着长着,叶子越长越瘦削。碧青的叶片,开始有了黄色的斑点,看上去尚有漫延的趋势。我以为是水的缘故,就将三五天一换的水,改为一天一换了。然而黄色的斑点像是互相说好了似的,不但不消退,而且渐渐地连成一片。叶片开始显得萎靡不振,十分柔弱。我心里怅然若失,心想,真是有心栽花花不开啊!我对水仙不再抱有希望了,便将水仙盆移到了书房外面的阳台上,不予理睬。

正月初一,天气十分晴朗,灿烂的阳光驱淡了寒冷,让人感到全身暖洋洋的。我吃完中饭,坐在书房正准备看书,忽然闻到一股馨香,顿时神清气爽。这香味,在我的记忆里,是那么的陌生和新奇。我放下书,贪婪地吸了几口,就循着这股香味寻觅过去。走到阳台,眼睛陡地一亮,定睛一看,水仙变得挺拔翠绿,叶片中竟然抽出了圆柱形的花茎,长出了五朵花儿,六个含苞待放花苞藏在叶子中间。那花儿羞羞答答的,宛如小姑娘稚气的笑脸,洁白的花瓣托着蛋黄色的花蕊,亭亭玉立,散发着一种清淡幽雅的芳香，让我的心充满了惊喜和感动！

　　我一高兴，赶紧把花盆抱进书房，置在书桌上，整个书房充满着温馨，真有一种"一盆玉蕊满堂春"的意境呢！我驻足花前仔细观察，发现这些水仙花都有六片洁白如玉的花瓣，蛋黄色圆如杯子的花蕊，蕊丝上连蕊头下接花心，给人素雅简洁的美感。有人把水仙称作"金盏银台"，那黄色的花杯如"金盏"，白色的底瓣似"银台"，真是贴切而形象啊！欣赏着玉洁冰清的水仙花，一缕缕幽香绕怀，心境自然变得超脱宁静起来。

　　"香与春风相应接，神将秋水共清澄。"水仙，有一种俊逸高雅的气质，让人刮目相看。水仙，冬令时光的"使者"！正是她在寒冬孕育出了一个温暖的春天，让人的生活充满了生机。怪不得古代文人雅士为之倾倒，留存了许多赞美它的诗句。宋代理学家朱熹的"水中仙子来何处，翠袖黄冠白玉英"；宋代黄庭坚的"借水开花自一奇，水沉为骨玉为肌"；元代杨载的"花似金杯荐玉盘，炯然光照一庭寒"；明代诗人李东阳的"淡墨轻和玉露香，水中仙子素衣裳"等等。这些雅韵欲流的名句，更令水仙生色，妙趣横生。宋代诗人黄庭坚还有"凌波仙子生尘袜，水上轻盈步微月"诗句，说水仙乃多愁善感的洛水仙子所化，"凌波仙子"更是美惟妙惟肖地勾画出水仙的风韵；李东阳的"风鬟雾鬓无缠束，不是人间富贵妆"诗句赞颂水仙朴素无华的品行和高洁的气质，更使人如见其美，如闻其香。

　　然而，我最佩服水仙花的是，它不追求肥田沃土，不追逐浮华虚慕，仅凭一点阳光、一勺清水、几粒石子，就能换来春意盎然；它高雅绝俗、冰清玉洁、凌波傲立、一尘不染；她从不张扬，在柔弱的外表下，蕴涵着顽强的生命力，展现着生命之美！

2014年2月18日

油岩山览胜

早就听说，建阳油岩山风景宜人。这里还有一个美丽的传说：玉皇大帝有数个女儿，油岩山是老幺。一次，她与姐姐们到考亭游玩，因醉心美景而流连忘返，待到姐姐们远离时，才发现已迷路了，于是变成灵山留在了考亭。油岩山化为灵山后，天边飞来两只神鸟，在神鸟庇佑下，山涧常年流着米和油。山上还有一座寺庙，前来寺庙祭拜的善男信女络绎不绝。后来，寺庙里来了一个贪婪的僧人，他嫌米、油太少，于是趁着夜色用扁担戳撬山体，意图获取更多的米和油，结果触怒了神鸟。神鸟一怒之下离开油岩山，从此油岩山再也没有流出米、油了。

我深深被这个神话吸引，很是向往，今年中秋总算遂了我的心愿。

我们驱车来到了油岩山脚下，从油岩山的正门而入，拾级而上。晓露晨雾，山影似染，说不尽的诗情画意。山路蜿蜒盘旋，一路上的树木青翠，树叶在阳光的照耀下，如撒落的珍珠，闪着银光，熠熠生辉。云雾峰峦，景色宜人，令人情不自禁地发出感叹，拍手叫绝，赞美大自然的神奇。

沿着小路穿越，林荫杂木丛中掩映着翠绿，带着那轻轻掠过的清风，空气格外清新，那是一种沁人心扉的舒畅。婆娑的竹林是那么的婀娜多姿，绿色的森林、悠然的浮云、滋润的泥土，是那么的生动、和谐，加上云雾缥缈的幻影，令人顿生升天的飘然之感。

我们往高处攀去，在半山腰见到一个古色古香的红顶六角凉亭，别致、唯美，像极世外仙阁。走进凉亭，靠着边栏，环顾四周，极其幽雅。

向山下俯视，纵横交错，令人赞叹不已的梯田美景尽收眼底。坐在凉亭中休息，喝一杯啤酒，吃几个水果，还有乡村风味十足的水煮花生，再谈些诗歌音乐，说说笑话、讲讲故事、做做游戏，欢歌笑语回荡在空中，那感觉完全不同于城市的喧嚣繁杂和灯红酒绿，那种乡野丛林中的沉静和洒脱实在让人陶醉。

我们在山林间走走停停，惊奇地发现了一些"怪石"。这些"怪石"形态各异，仔细观之，更觉惊奇，仿佛它们会随着我们思维变化而变化，好不有趣！

当然，我们最想看到的是神奇的油洞和米洞。我们细心地寻觅，啊，果然发现了它们的踪影！望着它们，真希望那开篇说的神话能变为现实，希望那两只神鸟能重新飞回油岩山，让油、米汩汩而出，该有多好啊！此刻的感怀越过了千年的风雨，徘徊在山谷，深感自然造化的神奇与人文寓意的和谐。

当我们快登到峰顶时，见到一块奇岩，那形态犹如一只威风的雪豹引颈向天歌，在这"雪豹岩"身旁有一棵苍翠的迎客松，在微风的吹拂下，轻轻地摇摆着柔软的枝条松针，像在热情地欢迎我们参观美丽的油岩山。看到这个景致，让你似乎觉得冥冥之中有个大自然的精灵站在你的面前，向你敞开了胸怀，让你想和它对话。我不禁想起了朱熹的诗词："游州岩下水泠泠，枕石何妨梦里听。要与他年成故事，漫寻幽处著新亭。"心想，莫非当年朱文公就是枕着这"雪豹岩"吟诗作赋和观景的？

站在油岩山的峰顶，视野是那样的开阔。极目远眺，一座座高高低低的青山紧相连，林木茂盛，树叶层层叠叠，像绿色的华盖。那种层次感，那种充满活力的自然美，让你感到大自然在拥抱着你，和你轻声絮语，会使你不由自主地产生心灵深处的共鸣，一种自豪感油然而生，真为自己能成为山的一部分而感到无比自豪！

2012年12月18日

郁郁层峦夹岸青

我的家乡有两条母亲河：麻阳溪与崇阳溪。麻阳溪的源头在建阳的黄坑镇，全长136千米。麻阳溪蜿蜒曲折，每天静静地从连绵的群山中走来，环绕村庄向东南流去，流经麻沙、莒口到建阳水南与崇阳溪会合为建溪，最后流向闽江，奔向大海。

2012年秋高气爽的时节，应朋友相邀去看麻阳溪。

提起麻阳溪，让我想起了10年前的一幕。因常年受到工业用水排放的污染，溪面上布满褐白色泡沫，一走到河边一股难闻的气味就会扑鼻而来，令人窒息。沿溪的草木稀疏枯槁，不闻虫声，不见鸟迹，只有死一样的寂静，让人感到悲凉凄苦。

今天的麻阳溪又会是怎样的呢？朋友说去看看就知道了。我和朋友一起坐车来到了莒口镇马伏村，走过田园，我的眼前一亮，看到的情景与十年前完全不同了！我面前的是一条清澈、恬静的河流，是那样的温柔和美丽。河对岸满山绿色，田野丰润，山林深远博大，充满着青春活力。溪水仿佛是酿造了几千年的甘醇玉液，看一眼就能让你酩酊大醉。

建阳兴鱼渔业合作社负责人得知我们的到来，非常热情地叫他的同事驾来一艘冲锋舟，请我们漂游麻阳溪。我们穿上救生衣，坐上小巧玲珑的冲锋舟，漂荡在宽阔的溪面上。冲锋舟驰过平静的水面，掀起一层层洁白的浪花，是那么的壮观，那么的激荡，便有了朱熹游历闽江时"郁郁层峦夹岸青，青山绿水去无声"的感受。风徐徐地吹过，水哗哗地响着，山林里还不时传出山鸡"咕咕"的叫唤，急切而深沉。朋友说那是山鸡求偶的叫声。山雀和鹧鸪也来争相歌唱，婉转动听。更让人惊喜的是，前方总有许多野鸭子尽情地在水面上给我们引路，不时地在水中钻上钻下。它们一下子露出头来，一下子不见了，又从远处冒了出来，把我戏耍得哇哇大叫。头上不时有一群白鹭排着各种队形飞过山谷。啊！这是一个多么美丽、多么和谐的生态园呀！我不禁想起了朱文公的诗词："昨日扁舟雨一蓑，满江风浪夜如何？今朝试卷孤篷看，依旧青山绿树多。"

见我沉醉在麻阳溪的美景中，负责人情不自禁地说，为了保护麻阳溪不再受到污染，为了净化水质，在市农业局领导及其渔政大队的重视和支持下，两年多时间投资近百万元，投放了70万尾鱼苗，还成立了护河巡逻队，举办了护渔员培训班，在村里进行了环保宣传，促进了渔业资源的可持续发展，麻阳溪才有了今天这美好的生态环境。

朋友听完这些话，激动地向我介绍说："这几年，市委、市政府领导为了治理和美化麻阳溪花了不少心力。在城市建设的过程中坚持融入绿色理念，加强城市景观建设，构建一个四季如春、鲜花怒放的山水园林城市；在麻阳溪投入500万元，建起了1.8万平方米的沿河景观休闲带；对崇阳溪、麻阳溪和建溪进行绿化景观建设。近年来，累计投入1000万元打造崇阳溪西岸景观工程，目前已建成40000平方米景观带和景观小品。同时，在三溪两岸投入上百万元，种植美人蕉40000多平方米……"

我想，如果在这麻阳溪畔种上各种果树，修建度假游乐场所，买来几艘美丽的游船，在游船上摆着闽北风味小吃，让游人边赏美景边品尝美味佳肴。这样，一到夏秋果子满树，红黄绿紫，如此胜景，定会引来许多文人雅士（各地游人）在此泛舟垂钓，吟诗作画。游人或在麻阳溪泛舟荡桨，优哉游哉地融入大自然的怀抱；或站在岸边兴致勃勃地观看风吹果树，果子如雨纷然而落；或伸手从树上摘下一颗红通通的果子，入口咀嚼齿颊生津且香味绵长。渗透着浓郁而又独特的文化意蕴。加上夹岸森林，风光美不胜收，一到盛夏晨昏，霞彩染山，麻阳溪畔姹紫嫣红，景致更显美妙。

  这时，太阳向西山慢慢地落下，山顶上笼罩着金色的光芒，映照在波光粼粼的麻阳溪上，是那样的优雅和谐，令人心旷神怡。

  我们沐浴着美丽的霞光往回走，心情格外舒畅。昔日的污水河得到了根治，古老的麻阳溪青春再现。我衷心祝愿家乡的母亲河青山常在，碧水长流，福泽万代！

2012年11月3日

栀子花香

坐在电脑前写作久了,脖颈发酸,眼睛干涩,便起身上街走走。可街道上弥漫着说不清道不明的气味,夹杂着粗犷的叫卖声和低音炮似的噪音,让人心烦意乱!

忽然,有一股淡雅的清香扑鼻而来,好熟悉的香味啊!清新、温润,丝丝入鼻,令人昏昏然间精神一振,神清气爽起来。我四处寻找这香味之源,在路口转弯处,看到一位满头银发的老婆婆在卖栀子花。一块淡蓝格子布的上面,摆放着新鲜雪白的,在绿叶衬托下显得格外素雅高洁的栀子花和花骨朵。老婆婆身旁放着一个红色的塑料桶,桶里盛着水。她手里拿着喷水壶,在花上喷洒着清水,神情是那样的专注和投入,像是在精心雕琢一件工艺品。

我对于栀子花是有着很深感情的。小时候,每到六七月份,家乡的山上会开着许多栀子花。我跟大哥一起上山放羊,淡淡的清香弥漫在清新的空气里,让人心旷神怡。羊满山遍野去吃草,我们就满山遍野去采栀子花。

栀子花采来不是用于观赏闻香的,而是用来做菜吃的。现在的孩子对于吃可能没什么印象,在我们那个饥饿的年代,对于好吃的东西总是记忆深刻的。

我们在采花之前,先采几根长长的狗尾巴草,花采下来以后,把黄色的花蕊拔出来,用狗尾巴草细长的茎从花朵中间穿过去,一朵垒一朵,直到整根草茎上都是栀子花,再找一根接起来。垒满以后,变成一条长长的花环，挂在脖子上。大哥挂一个，我也挂一个，满身散发着迷人的芳香，觉得我们俩都变成了王子和公主，兴高采烈地赶着羊群回家。

栀子花拿回家以后，用开水一烫，就可以炒来做菜吃，又脆又香。也可以晒干了收藏起来，到了冬天用开水泡发后，放上生姜、大蒜，撒上一点盐、糖、醋，浸泡一会儿，吃起来味道可鲜了。

栀子花不嫌贫爱富，给苦涩年代的人们带来了不少欢乐和温馨！所以，我一直对于这种花念念不忘，对于它的香味也铭记在心。这时在街上看到栀子花，我心里又是欣喜，又是伤感。日子匆匆忙忙，年复一年，不曾顾及又是栀子花香的季节了！

"阿婆，这花怎么卖？"我上前低头小心地询问道。"便宜着呢，一块钱可买三朵花、两朵蕾！"阿婆抬头看着我时，眼里透着渴望。"我一个邻居，没儿没女，去年老伴生病去世了，这些天她有点不舒服。今年她家的栀子花开了很多，我想，城里没有，就采下一些帮她卖，一来好让她感到有人帮助不觉得孤独，二来还能帮她挣些零花钱。"老婆婆朴实的言语充满了人间的真善美，我被深深打动了，要买了她所有的花。可是，她却不肯，说："你买太多浪费，就买两块钱的吧，两块钱的花就足够你的房间香味满满了。"

这时，我分明感受到了周围人投来了敬佩的目光，我知道这分敬佩源自眼前这位迟暮的老人，还在用她已近干涸的身体散发着正能量！

我把栀子花插在装有水的花盆里，屋子里立即洋溢着沁人心脾的芳香，而此时我的心情也就像在这芳香明净的水中浸润着、荡漾着。栀子花是美丽的，但令我心动的，不是美丽的花，而是驻进心头的那份温馨、那份感动！

2013年7月7日

粽香悠悠

少年佳节倍多情，老去谁知感慨生；
不效艾符趋习俗，但祈蒲酒话升平。
鬓丝日日添白头，榴锦年年照眼明；
千载贤愚同瞬息，几人湮没几垂名。

这是唐代诗人殷尧藩的一首关于端午节的七言律诗《端午日》。作者道："年轻时，每逢佳节总爱生出许多情感，现在老了，谁还有心思平白无故去感慨万千？在端阳这天懒得学人家悬挂艾草和驱邪符的习惯，只祈望一盏蒲酒共话天下太平。白发是一天比一天多了，石榴花如红锦般射目，年年应节而开。在岁月面前，圣贤也罢，蠢人也罢，都是瞬息过客，谁知道有几人湮没无闻，又有几人名垂青史呢？"我每每读之，便会如诗人般感叹，人生易老，岁月易逝，就会想起少时的端午节来。

小时候，我的家乡每到农历五月初一，节日的气氛就浓了起来，家家户户忙着为过节做准备。先是采回艾蒿和菖蒲，用红纸和线扎成一束插在门楣上。据说这样可以消疾病、驱鬼邪、避晦气，给今后的日子带来平安和好运。那艾叶和菖蒲在初夏的空气中散发出淡淡的、沁人心脾的清香，整个村庄沉浸在欢乐的气氛中。

接着，就去河边野地里割一种名叫"杨香"的植物，把它烧成灰，然后将灰倒入清水中漂洗，用纱布滤去杂质后浸泡糯米，待糯米变成黄色后就可以开始包粽子了。邻居们一团和气，阿姨们相互帮忙，你家包完我家包,我家包完他家包。她们坐在浸泡好的糯米和花生的盆前,一边包粽子一边谈笑风生,好不欢快。手里拿着两张嫩绿的箬叶,卷成一个圆锥,装上糯米和花生,就像是变魔术,先在手中上下抖动,接着"啪啪"两声,麻利地用一根坚韧的棕绳绕过粽子绷紧、扎牢。不一会儿,一盆糯米和花生都变成了一个个小巧玲珑的粽子。然后,将粽子放进锅里煮,随着热气的升腾,整个厨房散发着淡雅的香味。三个小时左右,一大锅香喷喷、热腾腾的粽子就呈现在眼前了。从热锅中快速捞出煮好的粽子,剥开箬叶,咬一口,慢慢咀嚼,花生香、糯米香、箬叶香一起交融在嘴里直透肺腑,味道好极了!

　　到了端午节那天一早,妈妈会把用艾叶和菖蒲煮沸的开水盛到一个大木桶里,顿时厨房又弥漫着沁人心脾的芳香。透过蒸汽向桶里望去,碧绿碧绿的。母亲把热气腾腾的水勾兑到温度适中后叫孩子们拿去洗澡。我们边洗边冒汗,洗得浑身通红。洗完后,母亲用酒溶化的雄黄,小心翼翼地给我们擦拭耳鼻手腕等地方,说是可以防止蚊虫或蛇蝎的叮咬,还能不长痱子。最后在我的眉间写上一个王字,这样邪恶就不会靠近我了。穿上新衣后,母亲会给我脖子系上一个绣着花草图案的香荷包,包里面有小麦、黄豆、荷花瓣、雄黄、艾草、菖蒲,还有一条用小花布、麦秆、黄豆、玉米等做成的项链。两个用五彩丝线编织成的网袋,一个里面装着红鸡蛋,另一个装着樟脑丸,挂在胸前随着走路摇摇摆摆,发出淡淡幽香,走到哪里就香到哪里,让我好不得意。

　　端午节的中饭很有特色,要有五碗青、五碗糟、五碗果。五碗青,就是五种蔬菜,比如花菜、麦豆、长豆、豆芽、花瓶菜。这五种菜没有硬性规定,只要是蔬菜就行。五碗糟就是用酒糟煮泥鳅、黄鳝、田螺、河鱼、笋干等。五碗果是指杨梅、梨子、梨瓜等水果,吃这些东西是祈愿五谷丰登。

　　吃完午饭,村里的大人小孩都会扛上一把锄头,提着一个篮子到野外挖草药，鱼腥草、车前草、马兰草、蒲公英等，凡是草药都挖。据大人说，端午节采来的草药能治百病。

吃过晚饭，男女老少都提着小板凳，奔向早已被煤油灯照得通明的大坪上，听大人们讲述有关端午节的故事，听到最多的是关于端午节的来历，以及门上挂艾草和菖蒲的由来。

而如今，粽子不再是五月初五过节时才有，只要走出家门到街上，无论是食品店铺，还是卖小吃的摊位上，各种粽子琳琅满目，肉粽、栗子粽、豆沙粽、火腿粽、蛋黄粽……可我还是很怀念儿时那朴实而充满人情味的花生粽子。

端午节是纪念伟大的爱国诗人屈原的节日。这个节日寄托着老百姓对先贤的怀念和景仰，传承着两千多年的历史，凝聚着民族文化的精髓。在我看来，这不是一般的节日，它是中华儿女勤劳、朴实、善良、勇敢、团结、友爱的象征，它装满了忠贞和爱国情怀。愿爱国主义精神在你我心中永驻！

2000年3月15日

茶香袅袅

> 嫩芽香且灵，吾谓草中英。
> 夜白和烟捣，寒炉对雪烹。
> 唯忧碧粉散，常见绿花生。
> 最是堪珍重，能令睡思清。

这是唐代诗人郑愚的诗，他对茶极为赞赏。古往今来，人们都说爱茶、爱喝茶、爱泡茶，那么到底爱茶的什么呢？

茶农会说，茶养活了我和我的家人，所以我要爱茶。茶商会说，茶不但养活了我和我的家人，还使我的生活变得更加甜美。

我们这些天天喝茶的人又是为什么爱茶呢？

健康。茶，又被称为"万药之王"，据论证，茶的养生功能非常强大，它几乎可以说是促成人类健康长寿的琼浆玉液，是人类舌尖之上的养生圣品。

乐趣。有人就爱喝茶的乐趣。你看，茶和水一结合，轻轻晃动手中的茶杯，茶针或茶片就会忽上忽下，簇拥着，变换着不同的位置，充满趣味。闻每一泡茶的香气，品每一泡的茶汤，比较它们的不同都是一种乐趣。

变化。是的，茶的种类繁多，就算同一款茶，在不同时间，或者不同泡法，味道都会不同，其变化之丰富，令人捉摸不定，这是它的神秘！

交友。是的，无论你来自何方，无论你地位高低，只要彼此能聚在一起喝喝茶，聊聊天，就会从陌生成为朋友，这是它的纯洁！

好喝。有人就爱喝它的味道，而且它也的确比白开水好喝，这也是最实在的理由。

于我而言，我爱的是那种喝茶的感觉，爱的是喝茶时的自己。喜欢看一杯热茶气雾袅袅上升的样子，喜欢闻它淡淡的清香，喜欢茶杯放在嘴边的那一刻平静。我喜欢在一个寂寞的雨夜，泡一杯清茶，独坐在窗前，看落叶飘零，听雨敲窗，在氤氲的茶雾中，在淡淡的茶香中，品浅浅的苦涩，想浓浓的心事。

心烦时，茶能让人静下来。人一旦静下来就会更理性，看问题的角度就会更立体，于是心里的一些纠结、郁闷和想不开就会慢慢化解。其实，原来大多的烦恼都是自己给的，茶不过是那个点醒你的人！

浮躁时，茶能让人沉下来。当一颗心太浮躁的时候，就连看书都很难看进去，即使你很努力地去看，思绪却早已不由自主地游离到别的地方。这个时候就需要喝喝茶，让茶帮你把心沉一沉。

累了时，茶能帮你解压。现代都市快速而忙碌的生活节奏，不免让人感觉到疲惫，这个时候如果找个安静的地方坐下来喝喝茶，感觉真的很幸福。原来我们要的并不多，只要给自己一个安静的地方享受一刻安宁，给自己一杯茶的时间歇歇就好。

闲暇时，泡一杯茶，在婉转优雅的茶香下静静品味，伴随着幽幽茶香，心情趋于平静，不再为社会的浮躁而哀叹，不再为凡尘事俗的名利而追逐。乾坤虽大，唯吾与世无争，在喧嚣、浮躁之中找寻内心的宁静和停靠在心间那一分淡然和洒脱。

有些追求永远不会满足，有些遗憾永远无法弥补。赶路，有时候需要在路边歇一歇；活着，有时候需要让心静一静。这世界太庞杂，外面的世界太纷乱。让疲惫的身躯歇一歇吧，寻一个角落，让心灵在嘈杂的世间得到安宁，然后捋一捋心事，叙一叙亲情、爱情和友情，你会发觉，换一种活法，这世界原来如此美好！

做真实的自我，爱自己所爱的茶，留一席空位，给心灵一个休憩的空间。这样，才不会累。

2000年3月2日

沉醉大历溪

　　我走过许多名川大山，欣赏过各种风光之美，但是都没有在自己的家乡大历溪所见到的美更让人震撼！

——题记

　　大历溪，位于建阳小湖镇东部，离建阳城区几十公里之遥，与武夷山风景区毗邻，是福建省第一个森林狩猎场。这里有古树参天，有珍禽走兽，有飞瀑流泉，风景十分秀丽，是我向往的旅游胜地。而今天，终于能够走近她，带着激动与期待开始了一次神圣的旅行。

　　踏进大历溪，首先映入眼帘的是绿。绿，对于我们常年在山里走的人来说，不足为奇。可大历溪的绿，却会给人以震撼与激动。它的绿是原生态的舞蹈，就像是一个小精灵始终围绕在你的身边，会让你五脏六腑都能得到净化，你会把所有的喧嚣与烦恼抛诸脑后。

　　微风阵阵，我们穿行在古树参天树荫遮日的山间，浑身上下感到通透的凉爽，心情特别舒畅。那盘根错节的藤蔓，颜色不同，形态各异，纵横交错，与树缠绵。有一根碗口粗的常青藤紧紧缠绕着一棵参天古树，举目望去，藤树相依直冲云霄。大树给长藤温馨的绿荫，长藤给大树缠绵的依恋，似乎向人们展示那相濡以沫、忠贞不渝的爱情。我无限感慨，人若都能像大历溪的藤和树这样相亲相爱，彼此之间都能和平共处、相互帮衬该有多美好啊！

　　"鬼斧造神川，谷秀峰奇丽水娟。"我们走走停停，慢慢观赏风景。忽然听到高山深处传来"哗哗"的流水声，似乎从天际传来的一曲充满激情与活力的大自然的交响乐。抬头向上，只见一帘洁白的瀑布，从高高的崖壁飞泻而下，直击谷底的水潭，晶莹透亮的水珠在阳光的照射下像一粒粒散落的珍珠。啊，太美了！我情不自禁朗诵起李白的诗句："日照香炉生紫烟，遥看瀑布挂前川。飞流直下三千尺，疑似银河落九天。"心想，诗仙的这首《望庐山瀑布》用来形容大历溪瀑布也恰到好处。我靠近水帘，闭上眼睛，任凭飞溅的水珠滋润我的脸颊和眼睛，感受着丝丝清凉，十分惬意，陶醉无比。

我们顺着溪流一路前行，大大小小的瀑布一个接着一个，幽潭深邃，飞瀑高悬，千姿百态，跌宕起伏。或响声震天，或倾盆而下，或轻歌曼舞，如同是一幅幅浑然天成、未经雕琢的天然画卷。山水之间仿佛注入了几分清雅细腻的灵气，令人情不自禁地赞叹大自然的鬼斧神工，真让我们大饱眼福。大历溪为什么有这么多的瀑布呢？传说，大历溪和庵山本是一对青梅竹马的恋人，他们相敬如宾，相依相伴，形影不离，本到了该谈婚论嫁的时候，却遭到白鹤仙翁的嫉妒。在仙翁不断地挑拨下，最终使得庵山与大历溪分道扬镳。大历溪失恋后痛苦不堪，每日以泪洗面。随着泪水长年的流淌，就变成了一道道清澈秀丽的瀑布景观。看那潇洒气派的瀑布，呼啸着，冲破峡谷与乱石，向下冲，向前闯，豪情万丈，激情飞扬。见此情景会让人的心胸开阔，意志坚强，觉得任何艰难困苦都微不足道。

"珍禽妙唱协笙笛，悬壁飞泉响石琴。"一路上，泉声潺潺，虫鸣啁啾，各种不知名的鸟儿欢呼跳跃。它们有的高踞枝头，有的蹿跳在草丛间，那天真活泼的样子，非常可爱！我们还看到许多蘑菇、灵芝、野果及五颜六色的花朵，让人应接不暇。正如好友叶礼成先生诗中所描绘的：

    瑰丽真如九寨沟，山崖段段泻银流。
    翔鱼戏水何其乐，舞蝶亲花别样悠。
    树影婆娑频助兴，泉声活泼更消愁。

心驰物外天人合，抖落尘嚣尽自由。

　　时间过得飞快，不知不觉已是傍晚，我们重振精神，爬到高高的山顶。嗬，果然别有洞天！放眼望去，满山苍翠的植被在阳光的照射下，呈现出缤纷迷离的色彩，有浅红、深红、鹅黄、蛋黄、墨绿、翠绿……犹如开屏的孔雀，尽情地绽放她们的艳丽，美不胜收，让人心醉神驰，流连忘返。

　　当然，大历溪的美，用我这寥寥数语难以概全，只有身临其境才能真正领略这大自然生态之美妙！

2014年7月12日

桂香缕缕

古人云："凡花之香者，或清雅或浓郁，二者不可得兼。"而唯独桂花之香既清芬飘逸又浓郁致远。宋代诗人洪适的《次韵蔡瞻明木犀八绝句》一诗对桂花的香气做了形象传神的描述："风流直欲占秋光，叶底深藏粟蕊黄。共道幽香闻十里，绝知芳誉亘千乡。"桂花因此也被人们称为"十里香"。而宋代的邓肃赞誉桂花的香味是："雨过西风作晚凉，连云老翠入新黄。清风一日来天阙，世上龙涎不敢香。"

我爱桂花不仅是她的香味，桂花质朴大气，生长于野外，扎根于贫瘠的土壤，经受着风吹雨打、烈日严寒，依然在阳光下绽放。不像盆栽的花那样娇嫩，不需要精心呵护，不喜欢在人前娇艳。叶郁郁葱葱，呈墨绿色，颜色不艳也没有柔嫩的感觉，她的繁盛却有着不似精雕细琢的美。她的花虽然很小，但清芬袭人，浓香远逸，那独特的带有一丝甜蜜的幽香，总能把人带到美丽的世界。

"月夜明静风亦凉，百花憔悴淡容妆，时人遥望嫦娥宫，花气袭人醉吴刚。"八月十五，举头望月，人们不仅在月圆中感受家的温馨，也定会想起月中桂子伴着嫦娥的那一份浪漫。"广寒香一点，吹得满山开。"月光下，桂花飘散，这样的香味浪漫甜蜜而幸福。吴刚在月亮里砍伐桂树，桂树断了又长，永远歇不下手中的斧头。正是遥遥无期的期盼，吴刚才日复一日坚守着自己的梦想；因有桂树相伴，月宫嫦娥才少了独处的寂寞；因月中有桂树，才有了香飘千万家的美妙情景。

桂花谦虚谨慎，精致清晰的花朵总藏在片片绿叶之间，毫不张扬，如果不是那醉人的芳香，谁也不会注意那绿叶下细小的身影。桂花秉性温雅柔和，情怀疏淡，美在其内。看到桂花就会把她和雪花联想在一起。喜欢雪花晶莹剔透、纯洁无瑕、飘飘洒洒，把自身化成清水去滋润大地。桂花又何尝不是如此，携一缕馨香从月宫而来，降落凡尘现出花身，品质不沾俗世之气，含着圣洁的天香绕行于人间。香尽了，桂花就像雪花一样地坠落，无声无息化为泥土去孕育生机，让人领略到她高尚的神韵。

桂花具有"虽无艳态惊群目，却有清香压九秋"的不败风采。她翠叶常青，亭亭玉立，不与百花争春，却香冠群芳，为清秋的季节平添了不少温柔甜美的气息，使人领略到一种非同凡响的高贵与执着。徜徉于花海绿叶间，贪婪地吮嗅着甜浓芳郁的桂花气息，我顿时感到，人生若能像桂花那样畅快无忧地生长，不折不扣地怒放，该是一种别样的壮美啊！

2013年10月7日

好友之交一杯茶

有人说，朋友交往需酒肉。我说，好友之交一杯茶。真正的朋友就应如清澈透明的清茶，可以让我们浸泡一生的友情，可以让生活变得透明。茶，是修身养性的；友，是心灵互通的。茶，喝的是一种心境；友，处的是一种真挚，茶韵与友情是相互交融的。

记得那天我到南平，晚上约七点钟，"湘湘和冰甫"请我到他们的办公室喝茶。和湘湘、冰甫认识在大武夷论坛，在网上多次交谈，被他们的才情吸引，虽未谋面，但心中早已认为挚友。

我应邀来到了"大武夷新闻网"的办公楼，湘湘已在大门口迎接我。这里，没有茶楼的那种"古色古香"，也没有酒店的那般热闹，它拥有的是清静、自在和浓浓的文化气息。

湘湘给我泡了一杯武夷岩茶，茶杯水汽的袅袅升腾，散发出一阵阵沁人心脾的清香，我们优哉地品着香茗，无拘无束地谈天说地，感受着一种和美的温暖。湘湘和冰甫都有一手好书法，他们边品茶边挥毫泼墨，相互欣赏，切磋书法艺术。那种洒脱、那种豪放让我陶醉其中。这样的喝茶，对忙碌的我来说确实是一种享受，可以说是茶的清幽淡雅给我们带来了这种难得的情致和惬意。

古话说，"君子之交淡如水"。我认为这个"水"，不是淡而无味的白开水，而是有着丰富内涵的茶水。茶虽然没有酒的浓烈和香醇，却有着清纯与高雅。平生从不交那些虚情假意、功利十足的酒肉朋友，只交情趣相投、值得信赖、心灵相通的朋友；平生也最惧怕酒的刺激，所以很少饮酒，与好友相聚也不要什么美酒佳肴，只要清茶一杯，共同分享茶的清香。

　　茶，可以让我们始终保持一点清纯、一点浪漫和一缕温情；茶，可以将我们带入一种温馨的意境。对我们来说，一生中注重的是一种修养，留意的是一种缘分，追求的是一种境界，分享的是一种真诚。所以说，好友之交一杯茶足矣。

2009年1月25日

荷

北宋理学家周敦颐在散文《爱莲说》中对莲花有这样的描述："出淤泥而不染，濯清涟而不妖，中通外直，不蔓不枝，香远益清，亭亭净植，可远观而不可亵玩焉。"荷之美，在于其一个"洁"字。首先，莲花身处污泥之中，却有着纤尘不染，不随世俗、洁身自爱和天真自然不显媚态的可贵精神。其次，它里外贯通、外表挺直，有着表里如一、不牵扯攀附的高尚品质；再者，莲如傲然不群的君子一样，决不被俗人们轻慢玩弄。

荷不但美，她的每一个组成部分还都是治病之良药：荷藕，可以做菜肴食用；荷梗，能生津止渴，通气舒筋；荷蒂，除止血解毒外，还能安胎；荷须，能清心、固肾、止血；荷实（即莲子），具有补中养神、益气力、安神宁心、健脾之功效；荷房，能治月经过多，胎漏下血，痔瘘脱肛以及血崩、血淋、血尿等。而荷花，每每烈日当空，便妖媚灿烂，似亭亭玉立之少女，以她那落落大方的风韵，美而不艳、傲而不骄的品德，给人清馨甜美的愉悦。那绒绿的荷叶，点点露珠似流动的音符，奏出生命的乐章……

荷为了治病救人，不惜"杀身成仁"，不畏"赴汤蹈火"。荷装点过生活的美，并把自己的一切献给了美的生活。然而，她要求于人的却是那么少，她不求泥土的丰腴与否，只要一方池水，一层淤泥，便心安理得地扎根成长。

我爱荷，还因为她轻巧妩媚却没有一点脂粉气，不像别的花草，经不起风，见不得雨。就算是风雨骤来，她仍昂然挺立，毫不畏惧，即使是花散叶残，也从不畏风雨弯腰，即便是三九严寒，一片潇然，她照样在冰冷的水中优哉地生长。

荷不图虚名，专务实事，坚持到最后，贡献出全部，透过她，我看到了洁白无瑕的心灵。

我赞美荷，崇敬荷。即使在冬天，荷塘冰封雪地，我的眼前仍是一片生命的绿。

1991年10月25日

怀念故乡的小溪

故乡的小溪,是一幅美丽动人的画;故乡的小溪,是一首永不流逝的歌。

清清的溪水,流走了我童年的岁月,却流不走我记忆长河中那些值得怀念的往事。

我怀念万象更新的春天,报春的燕子在溪面上来往穿梭,空中留下它们呢喃的絮语。复苏的老树长出了嫩绿的新芽,洋溢着朝气蓬勃的生命力。清晨,淡淡的雾还没有退隐,姑娘们已从睡梦中醒来,在溪畔留下她们洗衣服汲水的倩影。成群结队的鸭子冲出笼子,争先恐后地跳进溪里,在水面"嘎嘎"地追逐嬉戏。父老兄弟们,迎着朝霞来到肥沃的田野上,将一把把种子撒在田畦中,播种新的希望,期待新的收获。

我怀念多姿多彩的夏夜,水面风平浪静,我们划着小船,看天上繁星闪烁,讲"牛郎织女七七相会"的感人故事,听青蛙、蟋蟀在草丛中唱出抒情的歌曲,嗅大地散发出来的芬芳,尽情享受大自然的厚赐。

我怀念长在溪畔那棵古老的榕树,它经历过无数的寒冬、酷暑,又经历过许多风风雨雨,至今仍然以浓郁的绿荫庇护着故乡亲人。榕树下,祖母教我唱民歌,讲起那遥远的故事,教我做人的道理。父亲又常常从树上摘几片绿叶,做成哨笛,吹着心中惆怅的乡音。在榕树下,明亮的月光照着母亲慈祥的脸,她讲"三国"说"聊斋",朗朗的笑声给苦涩的日子带来了心灵的慰藉。青年人拿来凤凰琴、笛子、二胡演奏《四季歌》《南泥湾》《小曲好唱口难开》,这些委婉悠扬的韵律在乡间的夜空飘荡。

我眷恋故乡的五月。端午节到了，家家户户一派忙碌，割竹叶，包粽子。这时，会有几位长者挑着竹篓，上门派米，为的是让全村人吃一顿象征着如意吉祥的龙舟饭。更有一年一度的龙舟竞渡，人潮如涌，锣鼓铿锵，彩旗猎猎，喊声阵阵，汇成一片欢乐的海洋……

我赞美故乡小溪坚固的堤岸，它经历了无数次狂风暴雨，无数次洪水冲击，但仍然巍然屹立；它像生活在这块土地上的祖祖辈辈，经过无数严峻考验，仍然繁衍生息，创造着财富，创造着崭新的生活。

如今熟悉而又陌生的溪畔上，崛起了一排排新楼房，碧草青青的村道旁，新落成的校园内传来朗朗的读书声，高高的水塔中的清泉顺着自来水管，源源不断地流进了各家各户，流进了人们幸福的心田。溪水潺潺，流淌着沧桑岁月，也流淌着游子的情怀……

1996年10月3日

乐在山水间

还是在我幼年的时候，听奶奶讲过这样一个故事：有一位美丽的姑娘被皇帝相中，要娶她为皇后。这位美丽姑娘提出一个要求，即结婚后，每七天要有一天给她自由，不得过问她干什么，不然绝不答应嫁给皇帝。皇帝答应了。婚后，皇后果然每个第七天一大早就会不见踪影，直到傍晚才回到皇宫，而且回来时红光满面，神采飞扬。这样度过了整整五年时间，皇帝越想越觉得皇后不对劲，便开始怀疑：莫不是去和相好幽会？还有些后悔当初就不该答应她这样的要求，我是一国之君，如何能允许皇后不检点？皇帝实在忍无可忍，又到了皇后失踪的那天，就躲在背后跟踪，他发现皇后走进一个山泉边，把全身衣服脱光沐浴，然后走到茂密的森林，闭着眼睛，平躺在地上睡觉。皇帝心提到了喉咙，左顾右盼，可是没有见到有别的男人来约会。皇帝接连跟踪几次都如此，而皇后的容颜越来越美。皇帝以为皇后得了一种怪病，叫来一个他最信赖的御医，把疑问向他全盘托出。御医告诉皇帝，皇后的容颜和她每七天到大自然中去有关。

这个故事深深地刻进了我的脑海，我也深深地喜欢上了融入山水间，喜欢仰望淡然的天空，看满山遍野的青翠，嗅着醉人的花香，看白云悠悠、碧空万里，听清风低吟、溪流叮咚。在沁满芳野的山水之中，静静地去聆听鸟儿的欢唱，感受着山水自然的丝丝灵动。

其实，喜欢融入自然山水的大有人在，古代文人墨客，无不喜欢脱去尘俗之气，归隐田野，流连于明山秀水之间，过自由闲适的生活。宋代赵季仁曾说朱熹"每经行处，闻有佳山水，虽迂途数十里，必往游焉。携樽酒，一古银杯，大几容半升，时引一杯。登览竟日，未尝厌倦"。明代王守仁常说自己"山水平生是课程"，还发感慨"尘网苦羁縻，富贵真露草。不如骑白鹿，东游入蓬岛"。即使王安石这样的大政治家也会表白"游者如可得，甘弃万户封"。

把自己融入山水间，可以遥视青山峻岭的幽静，流连其间，尽情地享受大自然的洗涤，尽情呼吸清新的空气，把映入眼帘的座座山峰和无限的风光，用心灵深处的智慧去认真地欣赏，你会发现山水之间竟然蕴含着别样的美丽，会带给我们无穷的遐想。

真希望世间的自然山水不被破坏，能让青山常在，绿水长流。希望每个人都能把山水融进心灵，融进血液，把它们变成精神世界的一道道美丽的风景，氤氲成心灵中优美的诗句。

2010年3月16日

思念故乡的山

在这喧嚣繁杂的都市，忙碌了一天，静静地躺在床上，疲惫的思绪漫无目的地驰骋。蓦然觉得，在我的心灵深处最难以忘怀的竟是故乡的山，那些儿时觉得平凡得不能再平凡的山。此时，总有一种温馨的感觉如汩汩的流水淌过我的心田，唤醒了许多甜蜜的往事。

我的少年时代是在一个默默无闻的小山村度过的。我的家在众山环抱之间。打开家门，迎面扑来的是大大小小的山，有的高耸险峻，有的低矮平坦，有的树木茂盛，有的杂草丛生。这些山高低错落、重峦叠嶂、绵延不尽，真是风情万种。

春天，粉红的桃花，雪白的梨花竞相开放。野花们也不甘示弱，野杜鹃、山茶花，还有那些不知名的花儿都纷纷绽放出含羞的花蕾。那些五彩的野花和美味野果常成为我的"战利品"。

夏天，山风柔柔地吹过林梢，给大地送来一分清凉。童年的我常坐在大树下，听大人讲那些美丽悠远的故事，或是提着自制的小灯笼在草丛中捉萤火虫。每当夜深人静时，我望着挂在床头的萤火虫，听着山风吹奏的催眠曲，甜甜地进入梦乡。

秋天，我常常陪着哥哥到山坡上放羊。我们悠闲地躺在草地上，看着太阳缓缓地坠入群山的背后，仙女们悄悄放下晚霞织就的帷幕，月亮也偷偷地从山尖探出了头，大山托起了满天的星星。而后，我们便吹着竹叶、踏着月光开开心心地回家。

冬天，登山别有情趣。登高而望，天显得特别高。峻峭的岩石，萧条的树木，漫山的枯草尽收眼底，有一种凄凉悲壮的美。阳光成了我们的朋友，暖暖地照在身上，幽幽的山野似乎随着阳光和孩子们的到来而增添了几分生机。

陪伴着大山春夏秋冬周而复始的交替，我的少年时代一步步地离我而去，大山留下我成长的足迹。

小时候，我常指着山问母亲，山的外面是什么？母亲说，山的外面是幸福，那里的汽车就像是蚂蚁一样在繁华的大街上爬行，有高楼大厦，有电灯、电话、自来水。于是，在我幼小的心灵中，隐藏着一个小小的秘密，那就是长大后要到山外面去看一看。

终于有一天，我背起简单的行囊，告别了生我养我的父母、纯朴的乡亲，还有陪伴我成长的山，带着满满的希望，恋恋不舍地走出那山，独自一人到山外寻找幸福。

如今，当我以日渐成熟的眼光再次审视故乡的山时，却发觉山已不再平凡。她虽没有泰山的险、黄山的奇、庐山的亮丽，甚至在地图上都查不到她的确切位置，但它却如母亲一般用乳汁哺育一方生灵，无私地向人们奉献出自己的一切。山平凡而伟大，感染和影响着一代代的人，铸就了人们勤劳善良的美德。

历史的车轮驶到了今日，山记载了一个崭新的时代，家乡的人们结束了自古以来面朝土地背朝天，日出而作、日落而息的生活，再一次利用山奉献的一切，纷纷办起了竹器加工厂、家具厂、采石场，种植了香菇、白木耳等农作物。于是，家乡到处生机盎然，充满欢歌笑语，昔日的破旧小屋都已旧颜换新妆。

面对家乡日新月异的变化，我兴奋不已却又略带感伤。独在异乡为异客，多少次午夜梦醒，常忆起漫山的野花，床头的萤火虫，而我却无法继续留在大山母亲的身边，享受她的馈赠。我只能把思念留在心中，用山铸就的纯朴和善良，为山争一分光，尽一分力。

1989年3月3日

我敬畏文字

文字，是书面语言的基石，是记录语言的符号系统，它保存了民族悠久、灿烂的文明，传承着中华民族的思想血脉。文字，宛如开放在广袤土地上的那些星星点点朴素的野花，以它独特的魅力散发着迷人清新的馨香。它不施脂粉，淡雅脱俗；它赋予人人平等的地位，通往它的大门始终是敞开的；只要你赋予它一腔爱心，只要你赋予它一颗赤子之心，只要你赋予它一片热情，它决不辜负于你，它绝不冷落于你，它绝不轻慢于你。

我喜欢与文字交流，因为它干净真实；我喜欢与文字相拥，因为它真诚善良；我喜欢在文字里流连，因为栖居文字，浅浅地行走在文字里，宁静而致远。我喜欢文字里这种淡淡的缘，不需要张扬，不需要恭维，仿佛是身边开放着的茉莉，又像是一杯淡淡的清茶，醇香淡雅而回味无穷。我相信这种缘在文字里深藏，那是一种思想，一种诚挚，一种对生命的爱折射出来的光芒……

回想自己，日子平静如水，心也安之若素，唯一庆幸与满足的是此生能喜欢文字、结识文字。夜阑人静，一盏灯，一杯茶，一本书，任文字的清泉汩汩流入心底……

儿时，家里条件差，可父母无论如何都会舍得在语文上给我投资，少儿读本、小人书……满足了我幼小的精神需求。正是从那一刻起，小小的心灵便埋下了一颗文字的种子。

参加工作后，工作性质几乎每天与文字打交道。当我翻开古典诗文以及鲁迅、巴金、叶圣陶、茅盾、冰心等作者的作品时，那精纯的文字，如淙淙溪流漫过我的心灵，让我领略了豁达的人生，使我的人生方向变得无比清晰。是文字教我宁静淡泊、心如止水，它以自己独特的魅力给我带来生活的惬意和心灵的抚慰，让我从容、快乐……

我敬畏文字，就像星星倾慕太阳。文字留给我受益终生的财富，如同衣食父母。在我一次次把文字变成铅字点缀在书刊上的时候，有人说喜欢我的文字，慢慢地我变得快乐、自信了，更重要的是，我寻找到了文字于自己的意义。我对自己说，今生要敬畏文字。

作为有意识、有思想的人活在世上，总要有样东西来撑起生命的脊梁，托起灵魂的高度，这样活着才有意义、有价值。用文字培育心灵的成长，你的生活一定会充满阳光。文字，是人类最真诚的朋友，它不会因为你贫穷而背叛你，不会因为你陷入困境而抛弃你，不会因为你年老体衰而离开你。生活中，当我失意彷徨、无所适从时，我总会把求解的目光投射到那充满智慧的文字。时光荏苒，与文字同行。在尊重和敬畏中，寻找内心的宁静与愉悦，激发自己能写出耳目一新的文字。

在纷纷扰扰的现代社会，蹚过网络时代的污泥浊水，千里迢迢去寻找理想的对话者，就用那些汇聚民族文化振兴基因的文字烛光照亮心灵！文字的世界里没有城市的喧嚣，也没有崇权拜金的世俗，有的只是一份纯净。

敬畏文字，回味文字的神韵，体味语言的魅力，人生会少几分虚假与麻木，多几分真实与感性；敬畏文字，让我们尊重文字的生命，让文字带着我们的梦想奔向美好的未来！

2015年11月1日

乡间情思

每次回到乡村，总要到田野里走走，喜欢一个人在乡间的小路上，静静地感受浓浓的乡土气息。

走在乡间的小路上，我总会感觉到，空气是那样的清新，小鸟是那样的俊秀，乡音是那样亲切！小路在脚下延伸着，弯弯曲曲，看不到尽头。风儿微微地拂动，处处可闻得鸟啼虫鸣，让乡间的小路静谧而生动，也让我捡拾起了童年回忆。

那时，小路两旁总是有浓密的青草。草丛中，散落着各种各样的野花，有的像白玉，有的像水晶，金灿灿、红艳艳的。一朵朵、一簇簇的野花，大的、小的、初开的、怒放的，像一只只色彩斑斓的蝴蝶飞翔在天地间，虽叫不出它们的名字，但儿时的乐趣就藏在那里。逮蚂蚱，捉蜻蜓，扑蝴蝶……忘情时，还会将一束野花插在头上随蝶飞舞。常常，我们会惊跑草丛里小憩的青蛙，惊飞一群在田野里优哉游哉的麻雀。就是脚下这条泥巴小路，将花儿、草儿、蝶儿、鸟儿召集在一起，托举起乡村孩子童年的快乐。

桃红柳绿，泥土芬芳，流淌着故乡人生生不息的故事。有牧人守着的羊儿牛儿，一分悠闲，一分甜美，一分诗意，让人自然追忆起多年前耳熟能详的歌曲："走在乡间的小路上，暮归的老牛是我同伴，蓝天配朵夕阳在胸膛，缤纷的云彩是晚霞的衣裳。荷把锄头在肩上，牧童的歌声在荡漾，喔喔喔喔他们唱，还有一支短笛隐约在吹响。"不过，黄牛、牧童已成了遥远而美丽的回忆。如今的孩童不在牛背上，牛背上也没有他们的歌声，田间地头，很少有劳作的农人，自然也就少了面朝黄土背朝天的沧桑。机械化解脱的不仅仅是他们的沉重，他们的心思已随袅袅炊烟飘向了远方，他们的乐趣也远离了路边的草色青青，以及草尖上隐隐约约的清香。那片稻田、那座果园、那条溪水、那绿油油的青菜、那簇簇的野花，都化作了坚固的钢筋水泥，谁都不能否认，今天的村庄已不再唱着过去的歌谣。

走在乡间的小路上，会遇到田野里走来的满脸笑容的乡亲，敦厚、纯朴，只是总会有一种"相见不相识"的尴尬。此时，只能用同样的笑容回应他们。只要相视一笑，便有一种温暖在心间涌动。与那些能认出彼此的，总会有番"乡音无改鬓毛衰"的感慨，然后便热情地询问彼此的状况，一段家常后，方知走出小村是他们常挂心间的渴望，也是寄予在孩子们身上的厚望。然而面对他们，我却无法坦言：乡村的宁静与平和，不知是多少都市人的向往；在那暖意融融的春日里，不知有多少人从蜗居的城市涌向乡野。如我，脚方才踏上这熟稔的乡间小路，便抛却了红尘纷扰，远离了熙攘喧闹，卸掉了几多刻意。

路边，一间简易土房里，飘起了如雾的炊烟，也飘出了农家饭菜特有的香味。混着泥土的清香，一家人围坐桌前的场景便在眼前呈现：简单、安静、平和、温馨，小屋里弥漫着从田野里带回的阳光的味道，分享着劳碌过后的满足。让我好生羡慕，真想融入那一桌简单的粗茶淡饭之中。

虽然我的童年不像现在的孩子这么幸福、甜蜜，我却依然十分怀念。那时，穷似乎算不了什么，亲人们浓浓的亲情更加难能可贵，也更使我们感谢大自然慷慨无私地馈赠啊！很多时候，我反感现代都市里"鸟巢"般的生活，反感随处可见的汽车拥堵现象，讨厌那些把音乐变成噪音的人们，非常不习惯现代都市人的"冷漠"态度。

我怀念童年，怀念乡村，多想无忧无虑地生活在乡间，种几亩薄田，看看书、写写文章，与树木野花一起，与大自然不离不弃，相爱永远。

2013年1月16日

野菊花

每到深秋，到处可见野菊花摇曳的身姿，它们的身影装点着家乡的山坡、田埂、沟涧。野菊花茎秆柔弱细嫩，最高不过一米，花朵很小，但它们不自卑、不示弱，团队精神在它们身上得到最好的展现。那一簇簇花朵密密匝匝地簇拥在一起，浓郁的芳香扑鼻而来，沁人心脾。

野菊花只要一点点贫瘠的泥土，哪怕是在窄窄的石缝中，都能欢天喜地地开满一大片，即使烧荒的人残忍地把她的茎秆燃成灰烬，到了第二年的春天，雨一润，风一吹，立即萌发出一片片芬芳的新绿，用顽强的生命力回报自然，全心全力地装扮着大地。

"人生易老天难老，岁岁重阳。今又重阳，战地黄花分外香。一年一度秋风劲，不似春光。胜似春光，寥廓江天万里霜。"毛泽东笔下的"黄花"指的就是野菊花。他赞美野菊花平凡质朴，经过硝烟炮火的洗礼，依然在秋风寒霜中绽黄吐芳，生机蓬勃。野菊花装点了战地的重阳，重阳的战地因此更显得美丽。天朗气清，江澄水碧，满山彩霞，遍野云锦，一望无际，铺向天边，这瑰丽的景色难道不"胜似春光"吗？

"珠蕊丹心耐寒侵，玉骨冰肌傲霜立。"诗人苏轼笔下的菊花，千姿百态，天性高洁，独立寒秋。在寒霜降落、百花凋谢之际，唯野菊花傲霜怒放，竞斗芳菲，使秋末冬初的肃杀之气，仍显出勃勃生机。东晋诗人陶渊明，他对菊的钟爱几乎到了如痴如醉的地步，那一句"采菊东篱下，悠然见南山"是那样的怡然自得、超凡脱俗！"寒花开已尽，菊蕊独盈枝"这是杜甫心中带着霜痕秋意的花，沾染着中国传统文人情趣的菊花。而陈毅的"秋菊能傲霜，风霜恶重重。本性能耐寒，风霜其奈何？"以菊花高洁的操守、坚强的品格来象征人的高尚情操，赞美革命者不怕困难的崇高品质，和坚定的共产主义革命理想。"一从陶令评章后，千古高风说到今"，野菊花带着清淡的冷香丝丝绽开，瓣瓣飞过，百年千年弹指而过。细读古人、今人的菊花诗句，一丛丛、一朵朵菊花在秋风中摇曳，一个个鲜活灵动的心灵在五彩缤纷的世界绽放。

菊花开过，一年的花事也进入了尾声。春花、秋花在四季轮回中点缀着不同的风景。看春天的花朵，感受的是生命的灿烂热烈，感知的是大自然中生命力的沸腾。看秋天的野菊花，在清新淡雅的气韵中，感受的是久远沉积的沧桑和岁月磨砺的坚韧，感受的是这个季节淡如菊花的美丽和心灵与大自然和谐亲切的细语，是一种坦然的豁达！

野菊花还有很多奇特的功效，可做菊花酒、菊花粥、菊花糕、菊花枕等，最著名的当属菊花茶了，用菊花泡茶，可消暑、生津、祛风、润喉、养目、解酒。

每每在电脑前写作久了，我总喜欢泡一杯野菊花茶，乳白色的菊花配鲜红的枸杞，明目清火。那淡淡的甘香在舌尖漫延，看菊花在水中一点点舒展开来，最后饱满成一朵朵娇艳的花朵，我心中便充满了欣喜，心情格外舒畅！

唐代司空图的《二十四诗品》中有这样两句："落花无言，人淡如菊。"我爱极这佳话，真希望自己能像野菊花，人淡如菊心似镜，落花无言香犹在。

2015年5月6日

恋竹

我从小就喜欢竹。春天,在竹林里挖笋;夏天,在竹林里乘凉;秋夜,在竹林里望月;冬日,在竹林里扫叶。闲暇时,我常在竹林里嬉戏;心烦时,我常在竹林里漫步。在生活中,竹与我们心心相印、形影不离。你看,竹扫、竹箩、竹席、竹耙、竹篓、竹杠、竹笠、竹椅、竹鞭、竹楼、竹亭……

我小时候,听父亲讲过与一个故事就与X子有关的故事。三国时期,有一个人名叫孟宗,他非常孝敬母亲。有一年,孟母突然病了,病情日益严重,饭食难以下咽,孟宗看在眼里,急在心头。孟母原本爱吃清新鲜嫩的竹笋,如今身在病中,跟孟宗唠叨着想吃笋煮的羹汤。可是,当时正值数九寒冬,万木凋零,哪有鲜嫩的竹笋啊?孟宗无计可施,只好独自跑到竹林里放声大哭。这时,竹林里出现了奇迹:在他的泪水飞洒之处,竟然破土冒出一根根竹笋来。孟宗喜出望外,马上掘出几只竹笋抱回家,精心做成羹汤,端给母亲喝。孟母喝着热乎乎的汤,乐得眉开眼笑,病也随之好了。

听完这个故事,我对竹就有了敬畏之情。竹是有人性的,是有灵魂的,她能解人意啊!

上学之后,又读到了许多与竹有关的故事:北宋时,有一个著名的画家名叫文与可。他为了画好竹子,常年不间断地在竹林中全神贯注地观察竹子的变化。所以他画起竹子来根本用不着画草图。有个名叫晁补之的人称赞文与可说:"文与可画竹,早已胸有成竹了。"后来,"胸有成竹"就成了一句成语，比喻做事之前已做好充分准备，对事情的成功已有了十分的把握。

郑板桥少年时，屋旁有一片竹，他通过认真观察竹的变化，加上艺术创作的实践，提炼出"眼中之竹""胸中之竹""手中之竹"的理论。他一生中三分之二的岁月都在为竹传神写影，曾有诗写道："四十年来画竹枝，日间挥写夜间思。冗繁削尽留清瘦，画到生时是熟时。"

古往今来，无数文人墨客写下赞竹颂竹的诗词篇章，唐代张南史在《竹》诗中写道："竹林处处云，抽笋年年玉。天风起成韵，池水涵更绿。"你看，春归时，抽笋时节，笋尖破土而出，慢慢地，笋尖往上蹿，舒枝展叶，鲜嫩翠绿，如同碧玉一般可爱；夏至时，翠竹葱葱，枝叶连连，犹如绿色的云雾，风乍起，竹影婆娑，倒影池水，绿波漾漾，意蕴盎然。

宋代诗人徐庭筠在他的不朽诗篇《咏竹》中，曾经这样赞美过翠竹的谦谦君子品德："未出土时先有节，便凌云去也无心。"然而，我最喜欢的还是郑板桥在《竹石》一诗中写的"咬定青山不放松，立根原在破岩中。千磨万击还坚劲，任尔东西南北风"。因此，我认为无论做什么事，一定要坚持不懈，发扬竹的坚韧精神才能取得成功。

有人说，"竹有七德——身形挺直，宁折不弯，是为正直；虽有竹节，却不止步，是为奋进；外直中空，襟怀若谷，是为虚怀；有花不开，素面朝天，是为质朴；超然独立，顶天立地，是为卓尔；虽曰卓尔，却不似松，是为善群；载文传世，任劳任怨，是为担当"。

竹，给人以温馨。她生在山间，生在旷野，生在河边，生在屋前……凡有人居住的地方就有竹。竹林密密层层，遮遮掩掩，苍翠欲滴，清新自然。

竹，给人以诗意。她美妙的身材，婀娜多姿，淡香幽雅，在阳光下，在风雨中，掩映着村庄房舍，点缀着山岚河畔，风情万种，韵味无穷。

竹，居不择地，是处可生；她不畏寒暑，四季葱郁，高而不傲，风来颔首。她刚柔并济，虚心有节，清华其外，淡泊其中，让我心生向往。我欣赏她朴实无华的外表，赞赏她高风亮节的品格；崇敬她宁折不弯、不屈不挠的精神。我爱青青翠竹的风姿，我爱莽莽竹海的风景，我爱她的清雅和纯朴，从容和淡然。我愿翠竹的靓影在我心中永驻，愿翠竹的品格修养我的人生！

2015年1月4日

把微笑养成习惯

> 春风送暖招欢喜，冰冷冬天只落霜。
> 常带笑容添秀色，鲜花绽放沁芳香。
>
> ——题记

微笑是快乐的外在表现，是生命开出的美丽花朵。微笑，无须语言，无须金钱，只要一个简单的动作，只需牵动面部的肌肉和嘴角就能完成。

在人生的旅途中，微笑是最好的良药，它不仅可以延缓生理机能的衰老，通过微笑这扇窗，还可以让我们在逆境中依然看到世界的美丽和阳光，使事业取得成功。

1887年，希尔顿生于美国新墨西哥州，31岁以前他碌碌无为，像所有普通人一样忙着四处寻找工作。直到有一天，他买下了蒙布勒饭店，才找到自己热爱的事业。起初，他的生意并不好，屡屡亏损，却又始终找不到失败的原因，情急之下，他不禁向母亲诉起了苦。母亲了解了事情的大概缘由后，对他说："孩子，你必须去把握更有价值的东西，除了对顾客要诚实以外，还要有一种更行之有效的办法，一要简单，二要容易做到，三要不花钱，四要持之以恒，那就是微笑。"

从那以后，希尔顿把微笑作为自己创业的第一标准，努力让投宿的客人感到宾至如归，如沐春风。不仅他的脸上常常保持着富有感染力的微笑，而且他还把微笑作为一种企业文化，贯彻到每一位员工的思想和行动之中。他对手下员工说得最多的一句话就是，你今天对客人微笑了没有？

在希尔顿的严格要求下，酒店的所有员工都养成了对客人微笑的习惯，无论他们遇到什么不开心的事，也无论客人如何刁难，他们始终保持着轻松、热情、真诚、乐观的微笑。微笑服务使希尔顿获得了巨大的成功，也使他从一家不起眼的小旅馆老板，逐渐发展壮大成为享誉世界的饭店大王，他的触角从美国延伸到了五大洲的各大城市，拥有上百家顶级大饭店。即便是在1930年，美国经济遭遇大萧条，全国80%以上的旅店都倒闭了，但希尔顿酒店依然人气不减，顺利地度过了危机。可以说，微笑帮了希尔顿的大忙，也彻底改变了他的人生。

这个故事告诉我们，微笑是一种很重要的修养，微笑的实质是亲切，是鼓励，是温馨。微笑着工作，心情舒爽，办事效率高，工作质量好。懂得微笑的人，充满自信和乐观，达观看待名利得失，容易获得比别人更多的机会，容易取得事业的成功。

人际交往是一个互动的过程，当你面带微笑，对方也会不自觉地被你感染，向你发出微笑，心情因此而变得愉悦。当你愁云满面对待别人，别人也会因你的忧郁而变得压抑而远离你。当你在工作生活中碰到困难，用微笑去处事应变迎接新的挑战，就能够解决许多难以解决的问题，为你带来成功的机会。

曾经有人问美国著名的推销员乔·吉拉德："你成功的秘诀是什么？"人们以为他会说出一大堆充满智慧的推销技巧，然而，令人意想不到的是，乔·吉拉德却只说了两个字："微笑！"大家难以置信。乔·吉拉德又解释说："当你笑时，整个世界都在笑。之所以我平均每天能卖出六辆汽车，就是因为我时刻对客户保持着友善的微笑，是我的微笑打动了他们。一脸苦相的业务员，是没有人愿意搭理你的。"

有个外国影迷好奇地问李连杰："你认为最厉害的中国功夫是什么？"那位影迷以为李连杰会列举大力金刚掌、易筋经、九阴白骨爪、降龙十八掌什么的，但出乎意料的是，李连杰却微笑着说："是微笑。"外国影迷十分困惑，李连杰又接着说："因为微笑可以兵不血刃地征服别人，世界上没有任何一种功夫能达到这种境界，所以微笑才是最上乘的功夫。"

曾有人说过，"阳光和鲜花在达观的微笑里，凄凉与痛苦在悲观的叹息中"。微笑是朋友间最好的语言，一个自然流露的微笑，胜过千言万语，无论是初次谋面也好，相识已久也好，微笑能拉近人与人之间的距离，令彼此之间倍感温暖。

微笑在人际交往中，能神奇地化解矛盾。

有这样一个故事。一名独居的小姐听到敲门声后打开门，发现一个持刀的男人正恶狠狠地盯着自己。她灵机一动，微笑着说："朋友，你真会开玩笑！是推销菜刀吧？我喜欢，我要一把……"边说边让男人进屋，"你真像我过去认识的一位好心的邻居，看到你非常高兴，你要喝咖啡还是茶呢？"本来面带杀气的歹徒慢慢变得腼腆起来，他有点结巴地说："谢谢……谢谢！"

最后，那位小姐真的买下了那把明晃晃的菜刀。陌生男人拿着钱迟疑了一下走了，在转身离去的时候，他说："小姐，你将改变我的一生！"

小张与小李因为生意上的事存在误解。一次，小张怒气冲冲地去找小李"一拼高低"，以泄气解愤。不料，小李始终微笑相待，诚恳上茶，不温不火地解释，最后避免了一起斗殴事件。事后有人问小张，是什么原因没有"开杀"？小张说，小李自始至终的微笑像一股清泉把他的"烈火"给浇灭了，误会理清了，最后小张还给小李赔礼道歉呢。

看看，就是这样一个小小的微笑，它所产生的力量之大却是无法估算的。

微笑还能益神健身。德国科学家认为，每笑一分钟的作用就等于额外服用了一个剂量的维生素C，能够使皱纹展开。有医学界研究表明，笑能使人的机体内产生大量的免疫球蛋白，免疫球蛋白能提高肌体和心脏的保护功能，同心理因素有关的许多疾病也会迎刃而解。爱笑的人能使体内吸入更多的氧，从而改善脉搏和血压的状况，促进脸部的肌肉活动，这不仅可以使面部皮肤永葆光润，而且可以使大脑血管的血液降温，达到思维敏捷开朗的目的。

民谚说"笑一笑，十年少"，哲学家劝诫人们"笑口常开"不是没有道理的。微笑，对女人特别有益处。因为在微笑的时候能使人体释放出一种愉快轻松的激素，使女性变得更加美丽动人。还有学者研究论证，爱笑的女人更能把生活安排得好，更能长久保持年轻。

人要生存，必定要生活在群体当中，免不了要与每一个不同身份、不同职业的人往来相处，我们的身边自然就会有各种人际的关系。不管怎样，请你记住，给自己、给别人多一个微笑吧，因为微笑能让消极、压力和悲观都离我们远去。

在漫长多变的人生旅途中，微笑有时虽在瞬间，但留在人心头的却是永远永远。当朋友心情郁闷惆怅时，你给以微笑是对其精神上的开导和安慰；对疲乏的人微笑，是给予其最好的休息；对泄气悲伤的人微笑，是给予其关怀和力量。在商业中微笑，就是金钱；领导者对下属微笑，可以让员工干劲十足；在家庭中微笑，就是创造幸福。把微笑养成一种良好的习惯，让它伴随我们的一生，那么，我们的生活必定更加美好与温馨，如果每个人脸上都绽放出美丽的微笑，那么，我们的世界就会充满爱。

2010年2月3日

保持谦和

> 持有谦和不忘淡，红尘万丈挺艰难。
> 终生莫使空遗憾，涵养精神苦化甘。
>
> ——题记

　　古人常以谦谦君子来形容一个人的品行气度，谦和是中华民族的传统美德。对一个人而言，谦和意味着修养，可以赢得别人的尊重与支持。

　　秦末的楚汉之争，项羽占尽天时地利，却无法抵挡刘邦的"人和"。刘邦礼贤下士，韬光养晦，获取人心。当垓下的厮杀声越来越缥缈，只剩下悲怆的楚地民歌，孤独寂寞的西楚霸王，是否依然记得当初在鸿门宴上，范曾那句注定了结局的箴言："竖子不足与谋！"波涛汹涌的乌江水吞噬了昔日金戈铁马的辉煌，留给世人的，除了遗憾更多的是反思。

　　谦和的人有如海蚌，将伤害自己的沙粒温柔地包裹起来，化作美丽的珍珠；有如河水，将自己棱角尖锐的言辞百般修整，好似山石化作卵石。而蛮横的人只知道硬碰硬，最终两败俱伤。

　　阿兰·马尔蒂是法国西南小城塔布的一名警察。一天晚上下班后，他身着便装来到市中心的一间烟草店门前，准备到店里买包香烟，然后再回家。这时店门外一个叫埃里克的流浪汉向他讨烟抽。马尔蒂说他身上没烟了，正要进商店买烟。埃里克看马尔蒂还算是一个脾气温和的人，以为待会儿他买了烟后会给自己一支。

　　当马尔蒂买烟出来时，喝了不少酒的流浪汉就硬缠着他要烟。马尔蒂认为他喝多了，就不给他，于是两人发生了争执。随着互相谩骂和嘲讽的升级，两人情绪逐渐激动。马尔蒂掏出了警官证和手铐，说："如果你不放老实点，我就给你一些颜色看。"埃里克反唇相讥："你这个浑蛋警察，看你能把我怎么样？不就是和你要一支烟吗，小气鬼！"后来，二人扭成一团。旁边的人赶紧把他们分开，劝他们不要为一支香烟而发那么大火。马尔蒂不服地说："凭什么给你烟，你这个酒鬼。"流浪汉也不示弱："你以为就你有啊，现在你送我都不要。"

流浪汉骂骂咧咧地向一条小路走去，他边走边喊："臭警察，有本事你来抓我呀！"马尔蒂心想：你还骂我，难道你骂得还不够吗？流浪汉的骂声让马尔蒂失去了理智，他拔出枪，朝埃里克连开四枪，埃里克倒在了血泊中……法庭以"故意杀人罪"对马尔蒂做出判决，他将服刑30年。一支香烟，引起一场不必要的争论，最后两败俱伤。如果有一方能谦让一下，这样的悲剧就可避免。

那么，我们该怎样做，才能让自己与他人和睦相处呢？那就要具备谦和的精神，谦让三分，才能天宽地阔。当遇到对自己的不公正待遇时，能够保持风度不计较，这样做不意味着退却不前或懦弱可欺，也不是面对误解、委屈甚至诽谤而无动于衷，相反，保持应有的风度顾全的是大局，着眼的是未来。

有一次，林肯和儿子罗伯特驱车上街，遇到一队军人在街上通过。林肯随口问一位路人："这是什么？"林肯原想问是哪个州的兵团，但没有说清楚，那人竟以为他不认识军队，便粗鲁地回答道"这是联邦的军队，你真是个大笨蛋。"林肯面对一个普通路人对自己的斥责，只说了声"谢谢"，毫无怒容。正是林肯有风度，才成就了他的事业。

常言道：满招损，谦受益。一个人如果谦虚一点，他就会"日三省吾身"。懂得谦和，是立身处世的一笔财富。要做到谦和，并不需要惊人的异举，一言一行、一颦一笑就是谦和最好的诠释。

美国拳王乔·路易在拳坛所向无敌。有一次，他和朋友一起开车出游，途中，因前方出现异常情况，他不得不紧急刹车。不料后面的车因尾随太紧，两辆车有了一点轻微碰撞。后面的司机怒气冲冲地跳下来，嫌他刹车太急，继而又大骂乔·路易驾驶技术有问题，并挥动双拳，大有想把乔·路易打个稀巴烂的架势。乔·路易自始至终除了道歉的话外再无一语，直到那个司机骂得无趣了扬长而去。乔、路易的朋友事后不解地问他："那人如此无理取闹，你为什么不好好揍他一顿？"乔·路易听后认真地说："如果有人侮辱了帕瓦罗蒂，他是否应为对方高歌一曲呢？"乔·路易并不因为自己是拳王而去饱揍一顿那个无理取闹的司机，否则事情可能会一发不可收拾，他不仅有成为拳王的技术，更有作为拳王的广阔胸怀。

　　俄国文学家列夫·托尔斯泰曾被一个贵妇人误当作搬运工，叫他搬箱子。托尔斯泰十分愉快地完成了这项工作，并且得到了一卢布的报酬。当贵妇人得知这个搬运工是托尔斯泰时，羞得满脸通红，想要索回那一卢布，托尔斯泰却高兴地说："不，这是我劳动所得，和稿费同样重要。"

　　谦和是心态上的成熟，是达观的处世姿态，是心智上的淡泊。用谦和的心态做人，可以使生活变得更轻松，更踏实。

　　《红楼梦》中有两位个性鲜明的丫鬟，一位是晴雯，一位是袭人。晴雯貌美如花，性情蛮横，"爆炭"似的脾气容不下任何人。袭人则处处迁就，懂得分寸，举止得体，博得贾府上下一片称赞之声。结果呢？既美又骄的晴雯落得个"风流灵巧招人怨。寿夭多因诽谤生，多情公子空牵念"的下场。的确，直爽坦诚不是错误，但在那样的环境下，谦和淡然是制胜的筹码。

　　谦和，是一种人格之美，永远散发着馥郁之香。为人谦和，人必亲之；盛气凌人，大摆架子，人必远之。尊重别人，谦逊温和，人们自然喜欢亲近你，你的生活也会变得轻松。

2005年3月18日

不把自己看得太重

> 雄心壮志焉能少，切莫轻浮自唱歌。
> 谷穗因空才傲慢，弯腰谦逊内涵多。
> ——题记

一头骆驼，辛辛苦苦穿过了沙漠，一只苍蝇趴在骆驼背上，一点力气没费，也穿过了沙漠。苍蝇讥笑说："骆驼，谢谢你辛苦把我驮过来。再见！"骆驼看了一眼苍蝇说："你在我身上的时候，我根本就不知道，你走了，也没必要跟我打招呼，你根本就没有什么重量，别把自己看太重，你以为你是谁。"

这个寓言故事告诉我们，不要把自己看得太重，其实别人不一定把你放在眼里。

我有一个朋友，因为一点琐事和丈夫吵架。为了杀杀丈夫的锐气，她决定以离婚相要挟。于是，一向霸道的她自拟离婚协议书，所有的一切财产归丈夫，孩子归丈夫，自己每年支付孩子五百元生活费，以示离婚的决心。不依不饶的她本以为丈夫不会同意，未曾想到丈夫很爽快地同意了。结果，女友离婚才一周就后悔不已，便主动找前夫要求复婚，被前夫拒绝了。可是，她还不知悔改，对前夫说："给你半年时间，如果你还不同意复婚，那我就嫁人了！"她太高估了自己，以为前夫会非她不娶，期待着前夫听到最后通牒能有所触动。然而，前夫却脱口而出："我早就受够你了，随你的便！"后来她前夫和一位教师结了婚，恩爱地过着幸福的生活。

女友十分后悔地对我说:"早知道这样,我就不会自以为是,把自己看太重了。"

这个悲剧告诫我们,一定要学会认识自己,千万不要把自己看得过重。这个世界上,每个人都很重要,但是离了谁地球都照样地转。

英国文学家萧伯纳一日闲着无事,同一个不认识的小女孩玩耍谈天。黄昏来临时,萧伯纳对小女孩说:"回去告诉你妈妈,说是萧伯纳先生和你玩了一下午。"没想到小女孩子马上就回敬了一句:"你也回去告诉你妈妈,就说玛丽和你玩了一下午。"

著名表演艺术家英若诚曾讲过一个故事。英若诚生长在一个大家庭中,每次吃饭都是几十个人坐在大餐厅中一起吃。有一次,他突发奇想,决定跟大家开个玩笑。吃饭前,他把自己藏在饭厅内一个不被注意的柜子中,想等到大家寻不着时再跳出来。尴尬的是,大家丝毫没有注意到他的缺席,酒足饭饱,各自离去,他才蔫蔫地走出来吃了些残羹剩菜。从那以后,他就告诉自己:永远不要把自己看得太重要,否则就会大失所望。

一个人可以自信,但不要自大;可以狂放,但决不能狂妄。

事实上,一个人的轻与重、贵与贱,绝不是自己能订下标准的。平静谦和,不事张扬,才是最重的分量。

三国时期的许攸,起初在袁绍手下做谋士,后来投靠儿时的好友曹操。

对于许攸的到来,曹操光脚跑出帐外迎接,可见他对这位发小的器重。而许攸也不负所望,在官渡之战中献计烧乌巢,使得曹操打败袁绍。自此,许攸跟着曹操南征北战,立下不少功劳。

然而,许攸为人傲慢,口无遮拦,仗着有才识、有功劳,对曹操时常表现出不屑的怠慢态度。对于这些,曹操能伸能屈,笑一笑也就忍了。

随着许攸持续的不知收敛、猖狂至极,曹操终于忍无可忍,下令将他收押,随后处置。

明代开国皇帝朱元璋出身贫寒,少年时放牛,给有钱人家打工,甚至一度还为了果腹而出家为僧。但朱元璋胸有大志，终成明朝的开国皇帝。

朱元璋当上皇帝后，他儿时的一个伙伴认为自己很聪明，又是朱元璋的发小，朱元璋定会给他一官半职，就到京城求见朱元璋。朱元璋听说是儿时伙伴，十分高兴，立马接见了他。可是，这个人生怕朱元璋皇帝忘了自己，指手画脚地在金銮殿上说道："我主万岁！您还记得吗？那时候我们都给人家放牛，有一次我们在芦苇荡里，把偷来的豆子放在瓦罐里煮着吃，还没等煮熟，大家就抢着吃，把罐子都打破了，撒了一地的豆子，汤都泼在了泥地里。你只顾从地上抓豆子吃，结果把红树根卡在喉咙里，还是我出的主意，叫你吞下一把青菜，这才把那红树根咽进肚子里，要不是我的办法好，你早就死了。"

朱元璋当上皇帝后，最大的心病就是怕人提起自己卑微的过去，见这位儿时玩伴竟然当着文武百官的面这么说，龙颜大怒，喝令左右："哪里来的疯子，来人，快把他拖出去砍了！"

自以为是，是最可怕的东西。做人最大的愚蠢，莫过于不把别人当回事，而太拿自己当回事。一味地高估自己，就会不经意间把自己当主角，把别人当配角。轻则失意，重则致祸。

事实上，越强大的人，反而越低调，越谦卑。正如成熟的麦穗，粒粒饱满，却笑意盈盈向下低头。著名学者季羡林在北京大学担任副校长时，曾经帮学校看过大门，帮新入学的学生照看箱子。这位学贯中西的学者，没有把自己看得太重，这也许是他成为当代学者榜样的原因之一。

在人生的旅途中，不把自己看得太重是一种修养，一种风度，更是一种达观的处世姿态，是心态上的一种成熟，是心智上的一种淡泊。用这种心态处世，可以让身边的人更喜欢与你相处；用这种心态做人，可以使生活更轻松，更踏实，更美好。

2006年6月16日

不浮躁才能不平庸

> 春花烂漫芳菲尽，夏雨滂沱绿叶新。
> 无意跟风浮浅重，清修心性见锨鉴。
>
> ——题记

"浮躁"一词指人轻浮，做事无恒心，见异思迁，总想投机取巧，成天无所事事。浮躁会使人失去对自我的准确定位，随波逐流，盲目行动，做事情很多时候都是半途而废，开始的时候是一腔热血，然后是热情消退，最后完全放弃。浮躁是人性的劣根，人生的大忌。一个浮躁的人，总想着马上取得成果，不愿意一步一个脚印去努力。可是，成果不是一天两天能获得，于是就觉得这些工作是没有意义，继而选择了放弃。因此染上"浮躁"疾病的人，要想获得事业上的成功是不可能的。

罗马不是一天建成的，万里长城不是一天修成功的。福建省南平市建阳龙翔科技开发发展有限公司，踏踏实实谋发展，勇敢地走在国际化的道路上，从当年一家小厂，经过几十年的发展，打造成了中国民族企业的一面旗帜，让外国人刮目相看。公司之所以能取得这样的成就，是因为有一位脚踏实地埋头苦干的杰出的橡胶机械专家、董事长兼总经理戴造成，他把认准人生坐标，作为自己一生的追求。他脚踏实地，用自己的激情点燃团队的智光，带领团队不断向上，不断创新，给企业带来了活力，创造了，以"尊重、培育、重用、激励、分享"为核心的以人为本的企业文化。戴造成"言必行，行必果"，敬业修德、坚忍不拔、认真负责，他为员工发展、为企业发展、为社会奉献付出了自己全部的情怀。正是因为他不浮躁，才使企业走向了辉煌。

20世纪50年代，沃尔玛从"5～10美分"的廉价商店起步，于1962年开设了第一家零售店。经过几十年的发展，沃尔玛从2002至2005年连续4年位列世界企业500强之首，创造了传统行业发展的奇迹，创造了一个辉煌的连锁神话。到今天，沃尔玛已逐渐成为一个包括折扣商店、购物广场、山姆会员店、家居商店四种经营形式的世界著名企业。

这些知名的、有着较长历史的企业无不都是靠踏踏实实、埋头苦干，在不浮躁中成长并壮大起来的。

人活在世上，面对太多形形色色的诱惑，只有学会不浮躁才是成功的关键。浮躁与艰苦创业、脚踏实地、励精图治、公平竞争是相对立的，浮躁者的成功，不过是昙花一现；浮躁者的失败，终如秋风落叶。我们应该拒绝浮躁，将浮躁从自己身上驱除。戒浮躁吧，带着一颗宁静的心去取得真正的成功。

法国人可以花300年修建一座宫殿，美国人可以花7年拍摄一部史诗级的电影，德国人可以花10年设计一套生产线，歌德完成《浮士德》用了58年，李时珍写《本草纲目》用了27年，马克思的《资本论》用了40年的时间。所以说，无论是一个人、一个集体，还是一个国家，只有不浮躁，才能走得更远。

在我们的生活中，一定要修正自己的浮躁行为，要知道不浮躁才能心无旁骛、没有妄念；不浮躁才能潜心做好事情，才能不妄为。不浮躁，离成功更近一步。因为，生活总是赏赐给那些不浮躁的人，拒绝浮躁才能拒绝平庸。

2011年10月11日

不要抱怨

享受朝阳一缕光，赏欣鸟语和花香。

功成名就无难事，埋怨只能把自伤。

——题记

在我们的日常生活中，总能听到周围的人在抱怨：抱怨工作没有激情，抱怨自己怀才不遇，抱怨发展空间太小，抱怨房价太贵，抱怨交通拥挤，抱怨薪水太低，抱怨生活无聊，抱怨天气不好……抱怨是一种精神污染，它会把你的烦恼传递给他人，从而影响他人的情绪。要知道，谁也不愿意做你抱怨的听众。

有这样一个故事：一个年轻的农夫，划着自家小船给别人运送农产品。那天天气酷热难耐，农夫汗流浃背，苦不堪言。为了早点结束这苦难之行，他心急火燎地划着小船，希望赶紧完成运送任务，以便在天黑之前返回家中。突然，农夫发现，前面有一艘小船沿河而下，迎面向自己驶来。眼看两艘船就要撞上了，但那艘船并没有丝毫避让的意思，似乎是有意要撞翻农夫的小船。

"让开，快点让开！你这个白痴！"农夫大声地向对面的船吼叫道，"再不让开你就要撞上我了！"但农夫的吼叫完全没有用，尽管他手忙脚乱地企图让开水道，但为时已晚，那艘船还是重重地撞上了他的船。农夫被激怒了，他厉声斥责道："你会不会驾船？这么宽的河面，你竟然撞到了我的船！"当农夫怒目审视对方的小船时，他吃惊地发现，小船上空无一人，听他大呼小叫、厉言斥骂的只是一艘挣脱了绳索、顺河漂流的空船。

在多数情况下，当你责难、怒吼和抱怨的时候，你的听众或许只是一艘"空船"。因此，与其抱怨对方，不如改变自己，因为抱怨真的解决不了任何问题。抱怨越多，失去就越多，受到的伤害也越多，其结果只能是引发更多的抱怨。所以，千万不要傻傻地用抱怨去回应生活中的挑战。

一天，画家列宾陪同他的朋友去欣赏雪景，他们边走边聊，非常开心。忽然，他的朋友看见洁白的雪地上有一片污渍，看上去应该是狗的尿迹。朋友很生气，一边愤愤地抱怨，一边用自己的鞋子挑起雪来试图将污渍覆盖。看到这一幕，列宾微笑着说："我不认为这是一片难看的污渍，如果你能停止抱怨，就会发现它原来也可以是一片美丽的琥珀色。"

在我们的生活中，如果我们每天都在抱怨别人给我们带来的不愉快，甚至是痛苦时，我们生活中一切美好的东西就会归于暗淡。抱怨的人是不快乐的，他永远只会在不快乐的出发点原地打转，让自己的身心越来越疲惫！当抱怨成为一种习惯的时候，我们就再也不会有时间去做自己该做的事。所以与其整日抱怨，不如想想列宾说过的话，只要丢弃抱怨，"污渍"也可以成为一片美丽的琥珀色。

有位自小就患脑性麻痹的病人叫黄美廉，由于脑神经严重受损，她在6岁时还不能说话，不能走路。就是这样一个女孩，经过自己的艰苦努力，在26岁时获得了加州大学艺术博士学位。曾有人问她："你从小就长成这个样子，你是怎么看你自己的？你没有过怨恨吗？"黄美廉回答说："我只看我所拥有的，不看我所没有的。"

南平市建阳区弘贤书院副院长、企业家李典康，高中毕业后想去参军，经过政审、体检等一切手续都通过了，可是出发前的晚上，他到家门前的小溪去洗脚，被游在水里的毒蛇咬伤，脚肿如鼓。参军的路被堵死了，他没有抱怨，选择去学习家用电器维修，后成为建阳远近闻名的企业家。

上帝对我们每一个人都是公平的，当他给你关上一扇门时，必然会在另一处地方为你打开一扇窗。你所要做的，不是在门前徘徊、抱怨，而是应该转移视线，搜寻那一扇希望之窗。当你推开窗子时，你会发现另一片崭新的天地也很美好！

　　比尔·盖茨在"不要抱怨不公平"的演讲中说："当你抱怨不公平时，是否反省过，'我够努力了吗？'"卡内基先生的三十条沟通人际关系的原则中，第一条就是不批评、不责备、不抱怨。在这个物欲横流、自由宽容的时代，一个人要想生活得快乐幸福，眼睛里就必须能容得下你不喜欢的东西，心里面就必须放得下你不喜欢的事情。

　　成功的人从不去抱怨，而是通过付出超人的努力，让自己把握住稍纵即逝的机会，要学会把抱怨藏在心里，把鼓励挂在嘴边。要想成功，就永远不要抱怨，因为抱怨不如改变。当然，改变的不是这个世界，而是自己不坚定的生活态度！

　　威尔·鲍温在他的《不抱怨的世界》书中写道："抱怨者的目标无非是三处：自己、别人、上帝。抱怨自己的人不妨先学会喜欢自己；抱怨别人的人，应该学会宽容；抱怨上帝的人，不如用祈祷的方式来表达你的想法。这样一来，你的抱怨就会烟消云散，你的人生就会变得更加快乐幸福。"要做一个快乐的人，我们要能够掌控自己的思想，按照自己的规划过生活。所以，我们需要在心理上战胜自己，首先让抱怨离开自己。人生只有一次，我们应该学会怎样让自己快乐，并把这种快乐传递给别人。远离抱怨，你会变得乐观，变得积极；远离抱怨，阳光会露出笑脸，飞鸟会欢快歌唱，你会感觉生活是如此美好。

2001年8月6日

不要太在意别人的看法

> 赤橙黄绿青蓝紫，天下从来色彩多。
> 莫为他人提异议，初衷擅改逆心和。
>
> ——题记

　　相信自己的选择，付出艰辛的努力，就会成就一个真实而鲜活的自己。太在乎别人的看法，只会扰乱自己的生活行为而活得沉重，只有不被别人的目光左右自己的心意，尊重自己的生活行为方式，做你真正想做的事和想做的人，才能达到舒心自在的人生状态。

　　大街上有一个人推着装有水蜜桃、香蕉、雪梨、青枣、橘子的车子在街上叫卖。一位妇女上前想买，卖水果的推荐说："你买水蜜桃吧。"妇女说："我不爱吃水蜜桃，我喜欢吃香蕉。"于是，卖水果的就劝妇女说："这水蜜桃是刚到的，非常新鲜肯定好吃。"妇女说："再好吃的水蜜桃我也不喜欢吃。"

　　常言道：萝卜青菜各有所爱。哪怕再好的水蜜桃，也照样有人不喜欢。人何尝不是如此呢？

　　要坚持自己，不要太在意别人的看法。因为别人的看法永远是别人的，有赞美就会有批评，谁都无法做到让所有人满意。重要的是一定要有自己的主见。

　　贝多芬在学拉小提琴的时候，他宁可拉自己创作的曲子，也不肯做技巧上的改善。他的老师批评他说："你以后肯定当不了作曲家。"结果是，贝多芬成为世界闻名的音乐家。

爱因斯坦直到4岁时才学会说话，7岁才会认字。老师给他的评语是："反应迟钝，不合群，满脑袋不切实际的幻想。"最后，遭到退学。结果爱因斯坦开创了现代科学技术新纪元，被公认为是继伽利略、牛顿之后最伟大的物理学家，也是批判学派科学哲学思想之集大成者和发扬光大者。

牛顿在小学时成绩不好，老师和同学都说他是个"呆子"，不可能会有出息，可是他却成为英国皇家学会会长，著名的物理学家。

由此可见，如果这些成功者过分在意别人的意见，认为别人说的都是对的，那么后果可想而知。

有一个从小练芭蕾舞的女孩决定报考正规艺术院校，希望将来能够在舞蹈事业上有所发展。她很想搞清楚自己是否具有这方面的天分，带着这个问题，女孩去请教芭蕾舞团的团长。团长说："你跳一段舞给我看看。"5分钟后，团长打断了女孩的表演，摇摇头说："不，你不具备这个条件。"女孩伤心地把舞鞋放到箱底，从此再也没有穿过。后来，她结婚生子，当了超市的服务员。多年后，她在一次观看芭蕾舞演出时又遇到了当年的那个团长，她问老团长，当初为什么那么快就知道自己没有当舞蹈家的天分。老团长告诉女孩，当年她跳舞表演时，自己只是说了对其他所有人都会说的话。"这真是不可饶恕！"女孩激动地说，"您的这句话毁掉了我的生活，我原本有可能成为最出色的芭蕾舞演员的！"老团长反驳说："如果你真的渴望成为一名舞蹈家，你是不会在意我对你说了些什么的。"

过于在乎别人的看法只会扰乱自己的分寸，从而分散了自己本该用于思考的精力，人生也就因此而迷失了方向，自然活得非常沉重。

任何一个人都无法做到让每个人满意，尽管你已是竭尽全力。因此大可不必因为别人的不认可而失望，要时刻提醒自己：无论你怎样卓尔不群，仍会有人不喜欢你，这无所谓。人活着，不是活给别人看的，而是为自己而活的！如果你每做一件事都是瞻前顾后、畏首畏尾，岂不是很没有自我？岂不是很累？只有高标自立，不因为别人的眼光违背自己的心意，尊重自己的生活方式，做自己真正想做的事，才会达到快乐自在的生活状态。

1989年11月9日

不要太在意别人的评价

完成使命勇当先，努力耕耘岂用鞭。
为使事业添锦绣，任其评说志更坚。

——题记

在人生的道路上，每个人或多或少都会遭受别人的评价。很多人在生活中很在意自己在别人的眼里究竟是一个什么样的形象，因此，为给他人留下比较好的印象，总是时时谨慎，事事小心，不知不觉中把自己的人生轨道交给别人去掌控，以致最后让自己失去了坐标，不知该何去何从。其实无论你是成功还是失败都要受到别人的评判，那么我们又何必去在乎那些非议呢？走自己的路，让别人去说吧。

从前有一对父子，牵着一头毛驴去赶集。遇一人耻笑，说："多傻，有驴不骑！"于是父让子骑驴。又遇一人耻笑说："哪能让长辈走着呢！"于是子让父骑驴。又遇一人耻笑说："怎能让孩子走着呢！"于是父子同时骑驴。又遇一人说："这爷俩太残酷了，一会儿把驴压死了！"父子只好把驴抬起来走。又遇到一人说："这父子傻得可笑，驴会走却要抬着走。"父子无所适从，坐在地上号啕大哭。这时，走过来一个智者教他们说："这驴是你家的，你们爱如何就如何，与别人何干呢？"父子听完智者的话茅塞顿开，高高兴兴地赶着驴回家了。

这类情况在我们的现实生活中十分普遍，可以说是司空见惯。可见同一件事，不同的人是有不同观点的。过于看重别人的观点，人家说东，你就往东，人家说西，你就往西。不是按自己的想法做事，而是时时处处看别人的喜好做事，讨好别人，迎合别人，过分看重别人的看法，既累自己，又于事无补。

林肯当总统前，有许多人对他进行评判，他是鞋匠的儿子，不可能当上总统。甚至参议员计划要在演说时公开对他进行羞辱，让他自己退出竞选。

当林肯站上演讲台的时候，有一位态度傲慢的参议员站起来说："林肯先生，在你开始演讲之前，我希望你记住，你是一个鞋匠的儿子。"林肯听了却不气也不恼，不亢不卑地回答说："我非常感激你使我想起我的父亲，他已经过世了，我一定会永远记住你的忠告，我永远是鞋匠的儿子。我知道我做总统永远无法像我父亲做鞋匠做得那么好。如果你们穿的哪双鞋是我父亲做的，而它们需要修理或改善，我一定尽可能帮忙。但是有一件事是可以确定的，我无法像他那么伟大，他的手艺是无人能比的。"说到这里，全场顿时爆发出雷鸣般的掌声。

林肯以自己是一个鞋匠的儿子为自豪，这种自信从容的态度震撼了那些轻视他的"出身高贵"者。最后林肯用自己的一生来证明：起初你可以耻笑我，但最后你不得不承认我是一个伟大的总统。

确实，别人的评价可能会给自己造成麻烦。比如，性格开朗常被别人认为轻浮不稳重；善于表现自己又被人视为骄傲自大；不善与别人交流，又被人认为是孤僻、目中无人；喜欢广交朋友，又被人说是喜欢交际、太花心。可是终究别人怎么说你，自己还是要做好自己。这就如穿衣打扮一样，因为衣服是穿在你的身上，而不是穿在别人的身上，别人的选择，穿在别人身上适合，穿在你身上不一定合适。因为别人的爱好和审美不可能与你相同。

有这样一则故事：一个画家想画一幅人见人爱的作品，画好后，他决定拿到市场上去检验。于是，他把画挂在市场上，并在画的旁边放上一支笔，写明"请在你认为不完美的地方做个标记"。

一天下来，画家取回了画。天哪！画上到处都是标记。画家失望极了，原来自己的画就这个水平呀。但画家转念一想，不至于呀，自己好歹也是个专业画家，不会差到这种程度。

于是画家决定再换另一种方法试试。

第二天，画家又描摹了同一幅画，然后挂在市场上，并写明"请在你认为最满意的地方做个标记"。

晚上，画家取回了画。看完画，画家笑了。原来，画上也涂满了标记，在原来不满意的地方，也被人做了最满意的标记。画家明白了，不论做什么事，让所有的人都满意是不太可能的，一人一个眼光，一人一个看法，让一部分人满意就足以欣慰了。

在生活中一味地迎合别人的欣赏情趣，则会让自己陷入一种不可摆脱的迷惑中。要知道，每一个独立的生命都有其独特的轨迹，无需他人的价值观来评判自己的价值。你要有自己的主见，如果你认为自己的观点正确，就坚持到底，不要轻易被别人所左右。别人冷漠了你，并不意味着你的价值不存在；别人看轻你，不要紧，只需自己看重即可。如果总是患得患失，过于注重别人的态度，将自己的得失建立在别人的言行上，就寻找不到开心的日子。永远要记住这样一句话：风沙再大也是挡不住太阳的。

1998年7月16日

常怀感恩之心

　　　　宅心仁厚谋思远，智慧思维感悟深。
　　　　恩惠得来情义重，记得图报要诚真。

　　　　　　　　　　　　　　——题记

　　无论你是何等的尊贵，或是怎样的卑微；无论你生活在何地，或是你有着怎样非凡的生活经历，只要你胸中经常怀着一颗感恩的心，随之而来的，就必然会带给你自信、坚定、温和、善良这些美好的处世品格，那么你就会走在成功的路上。

　　韩信少年时家中贫寒，父母双亡。他虽然用功读书、拼命习武，却仍然无以为生。迫不得已，他只好到别人家吃"白食"，为此常遭别人冷眼。韩信咽不下这口气，便到淮水边垂钓，用鱼换饭吃，经常是饥一顿饱一顿。淮水边上有一位为人家漂洗纱絮的老妇人，人称"漂母"，见韩信可怜，就把自己的饭菜分给他吃。天天如此，从未间断。韩信深受感动。后来韩信被封为淮阴侯，始终没忘漂母的一饭之恩，派人四处寻找，最后以千金相赠。

　　居里夫人说过，"不管一个人取得多么值得骄傲的成绩，都应该饮水思源，应该记住是自己的老师为他的成长播下了最初的种子。"

　　有这样一个民间故事。从前，有个骑士正在打猎取乐的时候，迎面走来一头一瘸一拐的狮子。骑士跳下马来，帮狮子拔出脚上的一根尖刺，又给伤口涂了一些膏药，使得伤口很快愈合了。过了一些时候，国王也到森林里打猎，捉住了这头狮子，做了个狮窟把它关起来。后来，骑士因冒犯了国王，就逃到从前常常打猎的那个森林里避风险。他在那儿拦路抢劫，杀害了许多路过的旅客。国王不能再容忍，派军队将他逮捕归案，并判处他被饿狮吞噬之刑。

骑士被抛进狮窟，恐惧地等待被吞噬的时刻。不料，狮子仔细地把他打量一番，记起他就是从前帮自己疗伤的那个人，于是，亲昵地依偎在他身旁。就这样过了七天七夜，没吃一点东西。这消息传到国王那里，国王惊奇不已，便叫人把骑士从狮窟中带上来。

国王问："你用什么方法叫狮子不伤害你呢？"

"陛下，有一次我骑马路过森林，这头狮子一瘸一拐地走到我面前。我从它脚上拔下一根大刺，后来又治愈了它的伤口，因此它饶了我。"

国王道："好！既然如此，那就好好改过自新。"

骑士叩谢国王恩典。从此以后，他事事小心检点，一直活到高龄才安然逝去。

狮子尚且懂得感恩，更何况是人呢。感恩是人性善的反映，是一种生活态度，是一种品德，是一种健康心态，是一种做人的境界。

还有这样一个故事。从前，有一对夫妻，丈夫名叫纳特，妻子名叫马尔珂，他们很贫穷，经常挨饿。最后，实在是没办法了，丈夫对妻子说："马尔珂，咱们给上帝写封信吧！"

于是，他们坐下来给上帝写了封信，请求上帝帮助自己改善一下现状。他们签了名，仔细地封好，在信封上写上了上帝的名字。

"我们怎么才能把这封信寄出去呢？"妻子疑惑地问道。

"上帝无所不在。"虔诚的丈夫回答道，"我们的信不论用什么方法寄出去，他都一定能收到。"于是，他走出门外，把信一扔，风就顺势把信沿街吹远了。碰巧有个好心的富人出门散步，风把信吹到了他面前。他好奇地捡起来，打开读了读，被信里老夫妇的虔诚和天真感动了，当然也很同情他们悲惨的处境。于是，富人决定帮助他们。过了一会儿，他敲响了老夫妇的门。

"纳特先生住这儿吗？"富人问道。

"我就是纳特先生。"老头回答道。

富人朝他微笑着说："我有件事要告诉你，几分钟前，上帝收到了你的信，我是他在白俄罗斯的个人代理，他叫我给你100卢布。"

"你看怎么样，马尔珂？"老头儿高兴地朝妻子喊道，"你瞧，上帝收到我们的信了！"

老夫妇收下了钱，对上帝在白俄罗斯的"代理"千恩万谢。

可是，当只剩夫妻两人面对面的时候，丈夫的脸上布满了疑云。

"你怎么了？"妻子问道。

"我很怀疑，马尔珂。"丈夫若有所思地回答，"我看那个代理一点儿都不诚实，他有点儿耍滑头哦！你知道代理是怎么回事？很可能上帝让他给我们200卢布，说不定他是个骗子，拿走了一半给自己当佣金！"像纳特这种毫无感恩之心的人，只会让人鄙视。

我经历过这样一件事。有一个朋友借了同事的钱，同事要他还钱，他没有钱还，便向我借钱还同事，并保证说一年后归还。可是，几年过去了，他却一字未提，毫无归还之意。后来我遇到困难，便向他提出还款事宜。可万万没有想到，他反目说："如果知道你会逼我还钱，打死我都不会向你借钱。"这样的人毫无感恩之心，如果他再遇到困难，还有人愿意帮他吗？回答是肯定没有。

对帮助过你的人，一定要感恩，哪怕这个帮助是微小的。

美国某城市有位叫史蒂文斯的先生突然失业了，他是一个程序员，在软件公司干了8年，一直以为自己会在这里做到退休，然后拿着优厚的退休金颐养天年。然而，公司却突然倒闭了。史蒂文斯的第三个儿子刚刚降生，重新工作迫在眉睫。然而一个月过去了，他仍没有找到工作。

终于,他在报上看到一家软件公司要招聘程序员,待遇不错。他揣着资料,满怀希望地赶到那家公司。应聘的人数超乎想象,很明显,竞争将会异常激烈。经过简单交谈,公司通知他一个星期后参加笔试。凭着过硬的专业知识,他轻松过关,两天后面试。他对自己8年的工作经验无比自信,坚信面试不会有太大的麻烦。然而,考官的问题是关于软件业未来的发展方向,这些问题,他竟从未认真思考过,因此,他被告知应聘失败了。

　　史蒂文斯觉得公司对软件业的理解令他耳目一新,虽然应聘失败,可他感觉收获不小,有必要给公司写封信,以表感谢之情。于是,他立即提笔写道:"贵公司花费人力、物力,为我提供了笔试、面试的机会。虽然落聘,但通过应聘使我大长见识,获益匪浅。感谢你们为之付出的劳动,谢谢!"这是一封与众不同的信,落聘的人没有不满,毫无怨言,竟然还给公司写来感谢信,真是闻所未闻。这封信被层层上递,最后送到总裁的办公室。总裁看了信后,一言不发,把它锁进了抽屉。

　　三个月后,新年来临,史蒂文斯先生收到了一张精美的新年贺卡,上面写着:尊敬的史蒂文斯先生,如果您愿意,请和我们共度新年。贺卡是他上次应聘的公司寄来的。原来,公司出现空缺,他们想到了品德高尚的史蒂文斯。这家公司就是现在闻名世界的美国微软公司。十几年后,史蒂文斯先生凭着出色的业绩一直做到了副总裁。

　　用感恩的心对待世界,对待人生,对待朋友,对待困难,就算在最寒冷的冬天里也会感到温暖,在最失意的日子里也会感到希望所在,在最孤独的时候也会有人相伴左右。

1999年10月13日

处事保持淡定

> 要踏险滩心作马,前途平坦道为灯。
> 千般烦恼都轻看,平放心情观雨风。
>
> ——题记

"淡定"是什么呢?淡定是淡泊名利、淡泊一切是是非非,是一种思想境界,是心态修炼到一定程度所呈现出来的那种镇定、从容和优雅。

昔日寒山问拾得:"世间有人谤我、欺我、辱我、笑我、轻我、贱我、骗我,如何处置乎?"拾得回答说:"忍他、让他、避他、由他、耐他、敬他、不要理他,再过几年你且看他。"这就是淡定的处事态度。

杜甫诗云:"水流心不静,云在意俱迟。"滚滚红尘之中,人不能把欲望、追逐放在第一位,必须给心灵留一方空间。人生就是一次长跑,输赢得失都是暂时的,从容淡定,张弛有度,才是人生的大智慧。

有一次,我参加一位朋友女儿的婚礼,当婚礼结束时,新娘需要换婚礼服,新娘的母亲顺手将装满礼金的挎包放在新娘桌的座位上。等新娘换好衣服回到座位时,却发现挎包不见了。那包里可是装满了大家给她的贺礼,可不是个小数目哦!可新娘没有一点惊慌的表现,脸上始终保持着高雅的微笑。是她非常有钱?不!她只是个小学教师,丈夫是个普通的职员。钱已被偷走,急也于事无补了,何不保持风度。可见,她的修养极高。她的淡定让我非常佩服!

在这个纷扰的社会,面对"利益"把"淡定"带在身边,就会坦然。

淡定，不是平庸，它是宠辱不惊。我们每个人都需要这种心态，在生活中才会处之泰然，不会因太过兴奋而忘乎所以，也不会因太过悲伤而痛不欲生。

苏东坡原来是一个翰林大学士，但因为政治原因，朋友都避他远远的。当他历经人生万般劫难后，终于领悟到生活的真正味觉是"淡"。他说："莫听穿林打叶声，何妨吟啸且徐行。竹杖芒鞋轻胜马，谁怕？一蓑烟雨任平生。"所有的味道品过了，你才知道淡的精彩，你才知道一碗白稀饭、一块豆腐好像没有味道，可是这个味道也许是生命中最美的味道。

我曾见过这样的场景：屋梁上两只燕子正在筑巢，它们欢快地飞进飞出。巢筑了一大半时，一位小朋友用竹竿把巢捅掉，那可是燕子一口口衔回来的泥浆啊，瞬间四散落地。我以为，这两只燕子会迁徙，会搬家，或者心生火气，自暴自弃。可是燕子却不气也不恼，只是站在房梁待了一会儿，便又重新开始筑巢，第二天一个新巢挂在了房梁。

这样的场景，在人生旅途中会遇到很多，让人温暖、感动！那些淡定的处世方式，充满了人生的智慧。

我们每个人也会遇到一些不同的际遇。比如多年的朋友因一件小事产生误会，朋友痛心疾首，讽刺你，挖苦你，甚至不理你；比如，你凭良心做了一件好事，却被人误以为是沽名钓誉，另有企图；比如，辛辛苦苦努力工作，上司却指责你，批评你。这时候，我们不妨用淡定的处事态度，定会云开雾散。如果你怒发冲冠，只能使小事变大，非但于事无补，还会把事情推向另一个极端，于人于己无半点益处。

一个人要挣脱这个纷杂喧嚣、物欲横流的社会，的确很难。但是，每个人都别无选择，如果你想要快乐，你的心灵就必须拥有一分淡定。唯有淡定，才能让你的内心安静下来，才能细细品味生活的万千滋味。

2001年1月19日

放下烦恼才能快乐

采菊陶公心自若，入湖范相愿无违。

若担沉重悲观袄，锦绣前程必自飞。

——题记

烦恼是人的一种消极情绪，它能生出愁苦，生出忧伤，生出悲观，生出惆怅，甚至生出绝望。它就像一团火，愈思愈烈；它就像一团麻，愈理愈乱。只有放下烦恼，才能轻松生活。

有一个清洁工，负责清扫大院的落叶。在秋冬之际的清晨起床扫落叶实在是一件苦差事，每天早上都需要花费许多工夫才能清扫完毕，这令清洁工烦恼不已。这天，有个人对他说："你在明天打扫之前先用力摇树，把落叶统统摇下来，后天就可以不用扫落叶了。"清洁工觉得这是个好办法，于是他起了个大早，使劲地摇树，想摇掉今明两天要凋零的树叶，省得明天再扫了。这一天，清洁工过得非常开心。可是第二天早晨起床后，他走到大院一看，不禁傻了眼：大院里如往日一样满地落叶。

这个故事给人的启示是：无论你今天怎么用力，明天的落叶还是会飘下来。只有放下心头的烦恼，才能将每天的工作变成一份快乐的修行！

烦恼是痛苦的根源，而人生有太多的烦恼，我们可以选择将它一一扛在肩上，也能选择潇洒地放下它们，给心灵放个假。

懂得放下，才能在有限的生命里活得充实、坦然、饱满、旺盛。放得下烦恼，心平气和地去面对人生中的风风雨雨，这无疑是智者的生活姿态，是认清了生命本质后的释然，是一种对世界的通透和豁达，也是一种人生的豁然开朗后的喜悦。

有一个富翁做生意赚了很多钱，可是他既怕人来偷，又怕人家来借，成天为了这些钱财而忧心忡忡，很不快乐。于是，他便背着这许多钱财，到处寻找快乐。然而，他翻越万水千山后，依然没有找到快乐，不免感到非常沮丧，便坐在路边唉声叹气。这时，一位樵夫担着柴从山上走下来，正好在富翁面前停下休息。樵夫放下担子，一边擦汗一边愉快地向富翁打招呼。富翁就问樵夫："你知道快乐在哪里吗？我找了好久都没有找到。"樵夫指着自己的担子说道："知道啊，放下了就很快乐。"富翁听到这话茅塞顿开："原来自己不快乐是因为背负的太多，为了那些钱物，整天担惊受怕，患得患失，怎么可能会有快乐可言呢？"于是，他不再做守财奴，钱物也不再紧抓着不放，而是用自己的钱财帮贫济困，做了许多善事，而他的生意由于他的良好声誉更加红火起来，富翁终于找到了快乐之道。

故事里樵夫与富翁的快乐都源于"放下"，樵夫因放下肩上沉甸甸的担子而高兴，而富翁则是因放下了心头的负担而快乐。

人活在这个世上，遇到不顺心的事在所难免，但是痛苦也好，悲伤也罢，都是当时的事情，让坏事轻轻地过去，便是新的开始。勇于舍弃并且敢于放下人生种种包袱，才能够轻装前行，生活才会更加充实与轻松。

哲学家说："有智慧的人随时可以从周围取得快乐，没有智慧的人希望别人给他快乐。"快乐是来自内在的解脱，你的内心不快乐，每天祈求谁给你快乐呢？人就犹如一部手机，芯片就像是我们的心灵，内存是有限的，如果想在心灵的空间安装上快乐，就得把烦恼的空间腾空，释放新的空间，才能装进更多新的美好的东西。虽然，割舍收藏的东西有些疼痛感，但是，疼痛过后却是浑身的轻松。这就像是身体里长了一块肿物，出现病变，只有让医生动手术切除后才能得到根治是一样的道理。不同的是，这烦恼别人是拿不掉的，只能是靠自己摘去。所以，对于烦恼，要学会忘却、学会放下。唯有放下外物的纠缠，心灵才能轻松，才能让自己快乐起来。

明朝陈继儒的《幽窗小记》中有这样一副对联："宠辱不惊，看庭前花开花落；去留无意，望天空云卷云舒。"寥寥数语，却深刻道出了人生对事对物、对名对利应有的态度：得之不喜、失之不忧、宠辱不惊、去留无意。这样才可能心境平和、淡泊自然。人生若能做到如此，那么我们就会活得淡然，活得舒坦！

2001年9月1日

锋芒毕露要有度

细心做事显纯真，聪慧灵魂不染尘。

炫耀才华遭嫉妒，谦卑恭逊受人尊。

——题记

中国有很多古语警告我们，"枪打出头鸟""木秀于林风必摧之"。如果一个人处处喜欢锋芒毕露，不会得到别人真正的认可与爱护，更得不到别人的栽培与信任，只会处处碰壁。

老子曾经说过，"良贾深藏若虚，君子盛德容貌若愚"。意思是说，善于做生意的人，总是隐藏其宝货，不叫人轻易看见；君子之人，品德高尚，容貌却显得愚笨拙劣。以此告诫世人，做人不可锋芒毕露。

纵观历史的长河，锋芒太露而惹祸上身的典型例子可谓是数不胜数。

李广是汉朝的将军，是令匈奴兵闻之丧胆的大将，一生与匈奴进行过七十多次战争。他在战场上能够与将士同甘共苦，在生活中，更是视军士如子弟，真正做到了吃苦在前、享乐在后，得到众勇士的拥戴。他门生故吏遍布天下，但最终他却以自刎的方式结束了自己的生命。就因为他有一个致命的弱点，凡事都是锋芒毕露，不知韬光养晦，让汉家军几乎成了他的李家军，不遭到皇帝们的猜忌才怪。而且，李广性格自负，不善于与人交往，为人处世与那些官场上的人大不相同，所以不得善终。

杨修，才华横溢，聪明过人，一个"活"字谜与一个"合"字谜猜中了曹操的心思意图。杨修的"小聪明"让曹操极度反感，故借"鸡肋"之事杀了杨修，这就是才华不知隐忍的下场。

秦朝的宰相李斯，因出人头地而被嫉恨，因权高而被害死。倘若当初不上《谏逐客表》，闻"逐"而走，默默无闻，怎会落得如此悲惨结果？

聪明的才华是一个人成功的条件，而且从某种程度上来看，聪明的人能得到更多的表现机会，但大部分聪明人却由于太过炫耀自我，压制了他人的表现空间，损害了他人的利益，从而招致众人的一致嫉恨。如果发展到这一步，他的前途和事业就非常危险，随时可能被人拉下马。因此，真正智慧的人懂得人情世故，只会适当地表现自己，而不会时时炫耀自己的聪明。

三国名士诸葛恪是诸葛亮的侄儿、诸葛瑾的儿子。诸葛恪乃名门之后，家教严格，在小时候就展现出超群的才华，大家都觉得这孩子的才华已经超越他的父亲。然而听到大家这样看好自己的儿子，诸葛瑾却没有高兴，他说："恪儿性格急躁、刚愎自用，而且太喜欢表现自己，锋芒过于外露，终将引来祸端。"后来诸葛恪掌握权柄，独断专行，以才压人，最终引起众怒，被大臣们设计害死，牵连诸葛家族遭到诛灭。

有才华固然好，但是能力再强，也不能整天顶在头上到处去炫耀。"真人不露相，露相非真人"这句话，意思就是，真正的聪明人身怀绝技而深藏不露，绝不到处炫耀。就像财富一样，有钱当然是好事，如果你每天都穿金戴银、提着钱箱子到处显摆，盗贼一定会瞄准你。在这个世界上，锋芒毕露的人被排挤的比比皆是。

老子曰："大巧若拙，大辩若讷"，是告诫我们锋芒毕露的危险，也是告诉我们怎样才能做到趋利避害。《菜根谭》书中有云："文章做到好处，无有他奇，只是恰好。"才智的使用也应如此，用至好处，只是恰好。当智则智，当愚则愚，是明智之举。所以我们为人处事要低调隐忍，多一些深思熟虑，少一些锋芒毕露。

有才华本是好事，但是才华是把双刃剑，就像是漂亮的玫瑰，耀眼地开在枝头，好看但有刺，容易刺伤别人，也会刺伤自己。如果一个人不善于藏锋露拙，总喜欢炫耀自我，并压制了他人的表现空间，损害了他人的利益，就很容易招致众人的嫉恨，招致小人的嫉妒和陷害。要不，苏东坡就不会发出"我被聪明误一生"的感叹！

　　当然，我所说的不要锋芒毕露，不是说完全不要显示自己的才华。现代社会是一个竞争的社会，有时候不显示自己的才华，会找不到工作，吃不上饭的。露才华的锋芒，必须是在德行修炼到十分完善时。比如，曾国藩一生奉行的是，为政以耐烦为第一要义，主张凡事要勤俭廉劳，不可为官自傲。他修身律己，以德求官，礼治为先，以忠谋政，对清王朝的政治、军事、文化、经济等方面都产生了深远的影响，在官场上获得了巨大的成功。因此，像曾国藩这样的才华锋芒毕露得越多越好。

2001年1月3日

给予其实就是收获

人生道路崎岖长，信仰坚持有担当。
扶弱济贫扬正道，玫瑰送暖自身香。

——题记

  墨子在《修身》篇中指出，君子必须努力地加强自己的品德自己的品德修养。修养的准则是"贫则见廉，富则见义，生则见爱，死则见哀"。再有钱的人，也是一日三餐，夜眠一床。不要奢望得到并占有一切。特别是在物质方面，舍得意味着自己的富有。一个人不是因为他有很多才算富有，而是因他给予人很多才算富有。舍得本身就是一种快乐。舍了自己的钱财帮助别人，体现了人的气度和胸怀，终将获得好报。

  一位行善的基督徒，临终后想看看天堂和地狱究竟有什么差别。于是他请求天使在把他带到天堂之前，先带他去地狱看看。

  天使答应了他的请求，把他带到地狱。在地狱里，他看见一桌丰盛的晚餐，鸡鸭鱼肉应有尽有。他很惊讶地问天使："地狱的生活也不错嘛，难道生前作恶的人也不用受苦吗？"天使冲他微微一笑，说："上帝是爱我们的，他不会主动惩罚每一个人。人们之所以受到惩罚，都是他们自己的过错。"基督徒还是不太理解。

  这时，地狱的晚餐开始了。只见一群骨瘦如柴的饿鬼疯抢着坐到座位上，他们每个人都拿着一双十几尺长的筷子，都在努力试着用这双长筷子夹到美味的食物。但是，筷子实在太长了，无论他们怎么努力，也无法把夹到的食物放到自己的嘴里。

基督徒看着他们，好像明白了什么。这时天使对他说："你看，他们每个人都夹得到食物，却吃不到，你不觉得可惜吗？我再带你去天堂看看吧。"

于是，基督徒跟随天使来到天堂。在天堂里他同样看到一桌丰盛的晚餐，每道菜都和地狱里的一模一样。每个人用的筷子也和地狱里的一样，所不同的是，他们每个人都把夹到的食物喂给别人吃，而自己也不断地品尝到别人喂过来的食物。所以，他们每个人吃得都很愉快。

天使说："这就是天堂与地狱的区别——不愿意帮助别人的人，就生活在地狱里；助人为乐的人，就生活在天堂里。"

这个短小的故事，给我们的启示却很大：在我们的生活中，总会有事需要别人的帮助。同样，我们身边的人也需要我们的帮助。只有互相帮助，才能使我们的生活变得更美好、更快乐。

从某种意义上说，给予的同时也是在收获。当你给予别人帮助、使别人幸福时，在你的心里其实已埋下了一颗善良、幸福的种子。哪怕没有得到回报，我们也会收获良心上的愉悦。

有一位老先生种玉米很在行，每年他种出来的玉米在市场上都供不应求。老先生年事已高，于是决定把自己的种植技艺传授给儿子。

老先生把种植中的各项事情交代完之后，神情严肃地对儿子说："最后一件事，你必须牢记。每年秋天，无论种子多么紧缺，你都要留下一部分上好的玉米种子分给邻居们。"

对于父亲这一举动，年轻人感到不解："咱家的玉米种子是出了名的，在集市上又能卖到好价钱，为什么放着不卖，要免费送给别人呢？"

父亲解释道："孩子，咱家的玉米能种这么好，除了辛勤耕作之外，还靠我每年送种子给邻居们。"老先生继续说，"如果邻居们用了劣质的种子，长出的玉米也就差劲，而风又把这些劣种的花粉吹到咱家的地里。那么，咱家的玉米就会受到影响。所以，邻居地里的玉米和咱们自己的玉米同样重要。"

老先生能把给予看得和收获一样重要，正是因为他懂得，给予别人也就是给予自己。他给儿子指了一条用善良、仁爱、慷慨换取收获的道路。

在沙漠里有一户人家，他们家有一个蓄水池，过往的驼队常向这户人家讨水喝，他们总是慷慨答应。有一年，沙漠十分干旱，水池里的水也越来越少，这户人家不得不在门前立一个牌写上"此处无水"。第二天主人惊奇地发现门前有几桶水。从此，所有的驼队都有条不成文的规定：上路前要多备水，倒一桶到蓄水池，惠人惠己。

古人说"赠人玫瑰，手有余香"，意思是赠予别人玫瑰，自己手中也会留着香气。一个只懂得索取的人，他的生活一定愁苦艰辛，神情也会非常沮丧；而一个懂得给予的人，生活必定是幸福美满，心情更是无比愉悦。只要我们怀着无私、美好的意愿，给予别人爱与幸福的种子，我们就会收获到更多的爱。

学会善待你周围的每一个人，奉献你的爱心，在自己以及别人的心间播下爱心的种子，在未来的某一天你会有意想不到的收获。

2001年12月5日

给自己一条绝路

> 鹰击长天远，鸿飞落日苍。
> 平生豪气在，走马引弓忙。
>
> ——题记

　　一个人要想让自己的人生有所突破，往往是在关键的时刻逼自己一把，让自己走到深渊的边缘。没有了退路，才会有"山重水复疑无路，柳暗花明又一村"，才能有重生的希望。

　　有一个年轻的中国人独自去加拿大闯天下，异国他乡，竞争激烈，历经千难万苦还是没有着落。最后，有一家很大的公司决定任用他。当谈到具体条件时，老板突然问他有没有车。几乎是一无所有的他为了在异地生存下来，不假思索地回答："有"。老板让他三天后开车来上班。只有三天时间，他决定拼了。第一天，他从朋友那里借钱买了一辆便宜的车，并且熟悉车性，第二天，在停车场上练习驾车；第三天，他开车上了公路；第四天，他竟然开车去上班了。

　　我很佩服这个年轻人的果敢和勇气，如果他当初犹豫不决，现在的一切说不定会是别人的。

　　仔细想一下，我们有时会面临绝壁，没有退路，没有选择余地，但这未尝不是一件好事。生活中正是由于有太多的选择，才会让我们感到无所适从。选择就像一座座的大山，越多越重，使我们感到很累。绝路，从某种意上来说反而会是一种解脱。

人生道路不可能一帆风顺，一旦逆境来临，首先被摧毁的就是意志力。因此，一个人想让自己的人生有所转机，就必须懂得在关键时刻把自己带到人生的绝路上，这样才有可能绝路逢生。

美国有一个作曲家乔治·格什温，他从来没有写过交响曲，而当时美国最著名的斯坎德爵士乐团的著名指挥家，却对他十分赏识，邀请他为交响乐团写一部交响曲。

但是，固执的格什温声称自己对交响乐一窍不通，不肯从命。这位指挥家竟然在报纸上刊登了一则广告，说二十天后，音乐厅将上演格什温的交响乐《蓝色狂想曲》。

格什温看到广告，大惊失色，质问指挥家为何令他出丑。指挥家微笑着说："反正全城人都知道了，你看着办吧。"

格什温没办法，只好将自己关在屋子里，硬是用两周的时间，完成了这部作品。没想到，首场演出竟然大获成功，格什温的名气也迅速传遍美国。

有些时候，我们确实需要一种紧逼的力量，使自己获得重生，让生命之树开出更加绚烂的花朵来。

有一个人捡到一只小鸟，就将这只小鸟带回家里，给他的孩子玩耍。孩子将小鸟与小鸡一块饲养。慢慢地，小鸟长大了，人们才发现，这只小鸟原来是一只鹰。

虽然这只鹰和鸡群相处得很好，但总有人家里丢鸡，人们就怀疑是这只鹰吃了鸡，强烈要求主人将它处死。这家主人舍不得，但迫于大家的压力，他决定放生这只鹰。

但是，不管主人将它放到什么地方，它总能回到村里来。有一个人说他有办法，将鹰带到了一个悬崖边上。他将鹰向深渊里扔去，那只鹰一开始，就像是一块石头掉下悬崖，直直地向下坠落，眼看就要到崖底了，鹰突然展开了翅膀，竟然奇迹般地飞了起来，而且越飞越高，越飞越远，再也没有回来。

鹰本来是有翅膀的，能飞很高很远，因为被养在鸡群里，它以为自己是同类，根本不知道自己是会飞的鹰，要不是将它扔下悬崖，逼鹰无路可走，它永远不可能自由地翱翔在蓝天。

一个人，自己有多大的力量，有多少的智慧，在他处于绝路上时会显露出来。有的人攀登世界之巅，有的人飞越黄河，有的人白手起家成为世界富豪，有的人遭受雷击后竟然能够活下来……

古罗马角斗场上的角斗士，往往能够战胜强于他们且饿极了的猛兽，为什么？因为，除了生就是死，两者只能选择一个，那就是拼这一条路可走，他们别无选择。在生与死的面前，士兵所面临的也只有一个选择：或者更好地生，或者痛苦地死。因此，没有了生的顾虑，也没有了死的犹豫。结果，往往是生的希望占上风。因为在绝路面前，人会激发出自身所拥有的全部潜能，超乎常人的意志，无穷无尽的力量，大无畏的勇气，"哀兵必胜"说的就是这个道理。

绝路逢生更是一种境界。让自己走进绝路，往往会增强生存的信心，增强挑战的力量，多了必胜的信念；逼自己一把，就是给自己一片奋斗的天空，更能够成就事业。

要知道，在这个世界上，从来没有真正的绝路，有的只是绝望的思维；要知道，无论夜晚多么的黑暗，朝阳总会在第二天升起；无论风雪多么肆虐，春天总会到来。当挫折和失败来临，当命运之门被关闭时，一定要有信心，相信总有一扇门为你开着。

2000年3月2日

赚钱要懂得花钱

> 持家奉俭该提倡，处事为人显义仁。
> 乐善好施心地好，家庭和美仕途新。
>
> ——题记

人世间，心态千万种，对钱的感觉也是林林总总。有的人是金钱的主人，无论钱多钱少都拥有人的尊严；有的人是金钱的奴隶，一辈子为钱所役，甚至被钱所毁。

巴尔扎克小说《欧也妮·葛朗台》里有一个吝啬人物名叫葛朗台，他尽管拥有万贯家财，可依旧住在阴暗、破烂的老房子中，每天亲自分发家人的食物、蜡烛。在他获悉女儿把积蓄都给了夏尔之后，暴跳如雷，竟把她软禁起来，"没有火取暖，只以面包和清水度日"。当他妻子因此而大病不起时，他首先想到的是请医生要破费钱财，只是在听说妻子死后女儿有权和他分享遗产时，才立即转变态度，与母女讲和。

老葛朗台的贪婪和吝啬虽然使他实现了大量聚敛财物的目的，但是他却丧失了人的情感，并给自己的家庭和女儿带来沉重的苦难。

有钱固然是好，但是对待金钱需要一个好的态度。如果视钱如命，会成为桎梏，甚至会让自己陷入痛苦之中。

从前有个人特别擅长游泳。有一次，有五个同伴和他一起乘船回家，途中河水突然猛涨，船破了，六个人一起跳下船向岸边游去。不一会儿，五个同伴游到了前面，而那个人却落在了后边。前面五个人很是吃惊，便问道:"你不是最擅长游泳吗,今天怎么落到了后边呢?"那个人说:"我腰中有一贯钱,很重,所以落到了后边。"前面的人说道:"快扔掉它吧,命都快没了,还留着它干吗。"那人不听劝告,继续往前游。最终,前五个人游上了岸,而后边的那个人却因不愿意扔掉钱而淹死在河中。

很久以前有一个财主,生意做得特别大,每日算计、操心,有很多烦恼。挨着他家的高墙外面,住了一户很穷的人家,夫妻俩以做豆腐为生,生活虽然清贫,但是他们每天有说有笑,十分快乐。财主的太太心生忌妒,说道:"我们还不如隔壁卖豆腐的两口子,他们尽管穷,却活得非常快乐。"财主听了,便说:"这个很容易,我让他们明天就笑不出来。"于是,他拿了一锭五十两重的金元宝,从墙上扔了过去。那夫妻俩发现地上不明不白地放着一个金元宝,心情立即大变。

第二天,夫妻俩商议,如今发财了,不想再卖豆腐,那干点什么好呢?一下子发财了,又担心被别人误认为是偷来的。夫妻俩商量了三天三夜,还是找不到最好的办法,觉也睡不安稳,当然也就听不到他们的说笑声了。

财主对他的太太说:"看,他们不说笑了吧?办法就是这么简单。"

希尔的一句名言:"金钱永远只能是金钱,而不是快乐,更不是幸福。"假如一个人只盯着金钱,那么他很容易就会掉进金钱的陷阱里。我们都要小心控制自己对金钱的欲望,在生活中,没有钱什么事情也不好办,但是如果有了钱而不能合理地消费,那么钱也是一文不值。

像上文中的那对夫妻,在庆幸得到金子的同时,却失去了生活中原有的快乐,岂不是得不偿失!

在国外,慈善捐赠业很是兴旺。美国有个叫查克·费尼的亿万富翁,一生捐出了80亿美元,自己和老妻住在旧金山的一间出租屋内,连汽车都没有留下。或许,他的捐助有些过分,但带动了全美国的捐助业,连比尔·盖茨也深受影响。再看看国内也有许多慈善家,福建省圣农股份责任有限公司董事长傅光明先生，他致富不忘报效国家，不断地帮助别人，截至2011年8月19日止，他为慈善事业捐出了两亿人民币。

福建省建阳区水吉镇的陈添寿先生，他有了钱常常做好事，看到家乡的路不大好，就捐钱将其铺上了水泥路。遇上有困难的人需要帮助，他都会慷慨解囊。四川地震、青海玉树地震以及家乡水灾，他都捐献了爱心。家乡的庙被洪水冲坏了，他捐钱修好，让孤寡老人有地方住。为了让村民有一个休闲场所，他还捐建了一座凉亭。走在路上遇到乞丐，他都会给钱，有人告诉他说："大多数乞丐都是骗人的，都不是真的贫穷。"他说："不管他是不是真的，我每个都给，十个里面哪怕有一个是真的就值了。"

南平市建阳区弘贤书院是一家公益书院，需要空调却资金不足。南平市第一医院主任医生王海生得知后，捐款为书院买空调。每当夏日炎炎，学员们坐在凉爽的教室上课时，都能感受到王海生医生的爱心，他的善行得到大家的称颂。

既会赚钱又会花钱的人，才是最幸福的人，因为他们享受到了金钱所带来的快乐。人的富贵生不带来，死不带去，是没有永恒实在意义的。人生的许多沮丧者都是因为得不到想要的东西。迟志强的《十三不亲》中唱到："虽说你有那千百万我的哥们呀，死后你也带不走半分文。"其实，我们辛辛苦苦地奔波劳碌，最终的结局不都是只剩下埋葬我们身体的那一点点土地吗？我们挣了钱不是为了存，应该把钱花出去，花在有意义的事情上。存钱再多不会花，那也同样是没有意义的。

2016年12月16日

嫉妒之心不可有

> 狭隘心胸不进修，一生快乐路中丢。
> 品行美好春天季，不可平庸做个秋。
>
> ——题记

嫉妒是由于别人胜过自己而引起抵触的消极的情绪，是心胸狭窄者的共同心理。黑格尔说，嫉妒乃"平庸的情调对于卓越者的反感"。《圣经》上说，"爱是不嫉妒，爱是恒久忍耐，又有慈悲"。也就是说，如果一个人总对别人心怀嫉妒，那他就无法达到宽容的境界。

作家艾青说过，"嫉妒是心灵上的肿瘤！一切嫉妒的火焰，总是从燃烧自己开始的"。嫉妒者对别人惨败的兴奋往往胜过对自己成功的喜悦，对别人优胜的愤怒每每强过对自己失败的难过，设恶计陷害他人的人终必掉进自己设计的陷阱里。嫉妒是一种痼疾，自古有之，我国古诗中就有"一山突起丘陵妒""梅花斗寒群芳妒"的描写，更有"木秀于林，风必摧之；堆出于岸，流必湍之"的古训。

嫉妒者，妒贤嫉能，最看不得人家比自己好，最害怕别人比自己强。别人比自己强时，心里就酸溜溜的不是滋味。嫉妒者不能容忍别人超过自己，害怕别人得到自己无法得到的名誉、地位等，在他看来，自己办不到的事别人也不要办成，自己得不到的东西，别人也不要得到。

一个人一旦让嫉妒占据了内心，他的世界就会变得孤独，它让你自我伤害、自我消耗，并使你断绝一切外在的帮助。嫉妒会将你的朝气、温暖、光芒等一切人性的亮点连根拔起。

　　嫉妒的人是用别人的优点来惩罚自己，让自己永远生活在炼狱之中，饱受煎熬。嫉妒是一种非理性的情绪体验，常常与罪恶相伴造成悲剧，这样的事例俯拾皆是。从古至今因嫉妒引发的悲剧不少。战国时期，著名的军事家孙膑对军事谋略运筹帷幄，决胜千里，威名赫赫，因此引起同窗庞涓的嫉妒。庞涓暗中设计陷害，在他当上了魏国的将军后，将孙膑骗到魏国，割去孙膑双腿的膝盖，使这位伟大的军事家丧失了行走能力。但后来庞涓也没有好结果，终被孙膑战败而死。伟大的诗人屈原，也是由于奸佞小人的嫉妒而饮恨丧生。

　　曹操杀害杨修真正的原因，并非杨修说了"鸡肋"两字泄漏了军事行动机密，而在于他屡屡识破曹操的"机关"。正如罗贯中所说："身死因才误，非关欲退兵。"

　　隋炀帝杀薛道衡，就是因为薛道衡写了一句比自己高明的诗句："空梁落燕泥。"当行刑时，隋炀帝还怒气不息，恶狠狠地说："看你以后还能不能写！"

　　有两只老鹰，一只飞得特快，一只较慢。后者非常嫉妒前者。

　　有一次，飞得较慢的那只鹰对猎人说："前面那只飞得快的鹰请你用箭去射死它。"猎人同意了，但提出要拔一根它的羽毛去射。

　　"好！"飞得较慢的鹰欣然答应。可是第一次没有射中，于是拔了第二根羽毛，然而还是没有射中。就这样，一根根地拔下去，一支支箭射出去，直到这只鹰自己都飞不起来了，猎人大笑着把它提去美餐一顿。

　　由此可见，嫉妒之人，往往事事好胜，心灵非常脆弱，无法接受别人比自己优秀，常想方设法阻止别人的发展，总想压倒别人，最终害人更害己。

　　好妒者是自寻烦恼，会无端生出怨恨。嫉妒者用明枪暗箭中伤别人

嫉妒之心不可有　　149

时，自己也陷入难以自拔的烦恼之中。医学专家指出，好妒者这种无形的心理刺激和心理压力，使大脑皮质功能失调，肾上腺素释放增多，出现呼吸加深、心跳加快、血压上升、糖原分解等一系列生理变化。如长此下去，使人陷入心理危机之中，会出现心悸、失眠、头痛、头昏、食欲下降等症状，严重者还会诱发精神疾病。三国时，周瑜与诸葛亮同为军事奇才，但周瑜心胸狭隘，容不得别人比他聪明，在"赔了夫人又折兵"后，落得吐血身亡，临死还在喊"既生瑜，何生亮"。莎士比亚笔下的英雄人物奥赛罗，也是由于嫉妒而杀死了自己的妻子。

嫉妒心理不但影响身心健康，还会直接影响人的情绪，而不良的情绪会大大降低学习或工作的效率。另外，嫉妒心强的人往往结交不到知心朋友，使同学、朋友想躲开他，不愿与他交往。从而给自己造成一个不良的人际关系氛围，他会感到孤独、寂寞。

著名作家周国平先生说："嫉妒是弱者的品质。你嫉妒别人，其实是承认了自己是弱者。"莎士比亚说："您要留心嫉妒啊，那是一个绿眼的妖魔！"嫉妒的人是可恨的，他们不能容忍别人的快乐与优秀，会用各种手段去破坏别人的好事，有的挖空心思采用流言蜚语进行中伤，有的采取卑劣手段。嫉妒的人又是可怜的，他们自卑、阴暗，他们享受不到阳光的美好，体会不到人生的乐趣。

老子说："胜人者有力，自胜者强。"所以，一个人只有战胜了自己内心嫉妒这个恶魔，才能成为一名真正的强者。

2003年2月19日

将成败归零

> 成败何须忆，愉心未有寒。
> 仰头星伴月，失意亦飘然。
>
> ——题记

南隐是一位禅师。一天，一位名人特地来向他问禅，名人喋喋不休，南隐则默默无语，只是以茶相待。他将茶水注入这位来宾的杯子，满了也不停下来，而是继续往里面倒。眼睁睁看着茶水不停地溢出杯外，名人着急地说："已经漫出来了，不要再倒了！"南隐说："你就像这只杯子一样，里面装满了自己的看法和想法。如果你不先把杯子空掉，叫我如何对你说禅呢？"名人恍然大悟。

著名作家刘震云说过，"归零心态就是把自己心灵里的一切清空，把已经拥有的一切剥除，一切归于零的心态"。无论你得到的是成功还是失败，都应给予"归零"，这样才会不断追求卓越。如果把成功或失败抱在怀里不放手，不把心态"归零"，那就会导致躺在成功的荣誉上，睡在失败的颓废中，就会不思进取，很难再有进步，也就无法再次取得成功。

在人生的旅途中，难免会有成功与失败。成功时，把自己"归零"，可以戒骄戒躁，消除"骄娇"之气，不把成功当"包袱"背起来；失败时，固然会失去很多，但能够在失败时勇于"归零"，才能重新面对自己，从头开始，积极奋斗，奋发进取，创造事业的新成果。

比如，诸多为官者把"升迁"作为自己的奋斗目标，有些人忙活半天当不上官会痛心疾首、痛不欲生；有些人升迁之后却忘乎所以，以为官大本事长，独断专行，听不得不同意见，竟至出现重大失误被罢免。常言道，人生最大的敌人莫过于自己。一个人是否成功，大抵决定于能否在不断把自己"归零"的过程中战胜自己。道理很简单，升迁了，能有"归零"的心态，重新确定前进目标，敢于从"一"做起，那么就能取得新的成绩。

《伤仲永》是北宋文学家王安石创作的一篇散文，讲述了江西金溪一个名叫"方仲永"的孩子的故事。他五岁便能赋诗著文，出口成章。可是，当他名声大噪以后，有的人花钱求取仲永的诗。方仲永父亲认为这样有利可图，就每天带着仲永四处拜访同县的人，不让他学习。仲永沉溺于别人的夸奖，甘愿成为父亲的造钱工具，不思进取，最终从神童沦落成一个普通人。试想，假如仲永有归零的心态，继续努力，也许光环会永远罩在他的头上。

正如著名作家王宏甲在写《无极之路》这部著作时，就已经名扬天下了。在获得殊荣之后，他并没有因此而沾沾自喜，骄傲自满，而是积蓄力量，为下一次的作品奋发努力。假设宏甲颇有名气之时没有归零的心态，不思进取，那么还会有那么多的巨著在他的笔下产生吗？答案是否定的。所以说，成功大树的屹立不倒，有赖于长期反复地对根部进行维护。

要获得愉悦的人生，必须要有"归零"的心态，思想上"从零开始"，实践中"从零做起"。放下"阶段胜利"的"得意"，放下失败的"包袱"，把心态调整到坐标原点，保持极为清醒冷静的头脑，辩证地看待已有的成败得失，面对现实，才能更好地直面人生。

"归零"，当然不是妄自菲薄或消极避世，而是要持有人生的洒脱与从容。这样，再去面对眼花缭乱的缤纷世界时，你就会多一分明世的清醒，多一分心态的淡泊。

其实，越能够把自己"归零"的人反倒越不会"归零"，不断"归零"

就是一种上升与提高，也是一种难得的积淀与涵养。

  面对这个日新月异的世界，将成败归零，放下包袱，轻装上阵，把每一次成功都视为新的起点，把每一次失败都视为新的开始、新的希望、新的挑战，那么再次成功就会在不远处向你招手。

2001年4月18日

接受不完美

> 群山春到参差绿，百草迎秋次第黄。
> 试问苍颜谁可改？月圆月缺有何妨。
>
> ——题记

有些人一味追求完美，一生都活在追求中。要知道，自古至今，一个百分之百完美的人生是没有的，正如苏东坡所言的"人有悲欢离合，月有阴晴圆缺，此事古难全"。其实，不完美才是真正的人生。

我有个富豪朋友，想住上一套装修得非常完美的房子，可是每次装修完都觉得不够完美，于是他把装修好的房子卖了再买房子进行装修，结果还是有不满意的地方。就这样，他买了卖，卖了买，装修了十几套房子，可是每一次装修都有缺陷。他很烦恼，最后他向公司员工做了个问卷调查，上千个员工，竟然没有一个对自己房子的装修百分之百地满意。于是，他恍然大悟，感叹道："世上根本就没有让自己觉得完美的东西。"

"金无足赤，人无完人。"世界上没有十全十美的东西，任何事物总有它的长处和短处。每一个人都有自己缺陷的一面，谁也不敢保证自己是最完美的，万事万物也都不存在绝对的完美，我们不必为完美而懊恼，甚至是心灰意冷。

有这样一个小故事。很久以前，有一位完美主义的渔夫，他每次打鱼都追求完美，只想打大鱼，打上来的小鱼都放了回去。

有一天，他从海里捞到一颗晶莹剔透的大珍珠，爱不释手。但美中不足的是珍珠的上面有个小黑点。渔夫想，如能将小黑点去掉，珍珠将变成完美的无价之宝。于是渔夫将这颗珍珠剥掉一层。可是剥掉了一层，黑点仍在；再剥一层，黑点还在；层层地剥到最后，黑点是没有了，然而珍珠也不复存在了。渔夫捧着满手的珍珠粉末痛哭流涕，因过度后悔悲伤一病不起。临终前，他很后悔地对家人说："当时我若不去计较那个小斑点，现在我手里还会攥着一颗硕大美丽的珍珠啊！"

渔夫想得到的固然是美的极致，但是在他消除所谓的瑕疵的同时，美也消失在他追求过于完美的过程中了。有黑点的珍珠不过是白璧微瑕，正是其浑然天成的可贵之处，如同"清水出芙蓉，天然去雕饰"，美得自然，美得朴实，美得真切。美真正的价值往往不在于它的完整，而在于那一点点的残缺，就如同缺失双臂的维纳斯，它能给人以无限的遐思，美丽也就在这样一种遗憾和遐想中成为极致了。

生活中不可能有绝对完美的人和事。追求完美没有错，因为只有精益求精才能不断向前，但是如果苛求完美，人不仅会活得很累，而且还可能适得其反。

19世纪法国诗人穆塞特曾写下这样的话："完美根本就不存在，了解这句话的人就等于了解人性智能的极致，期待拥有完美者是人类最疯狂、最危险之举。"

人之所以感到不开心，其中一个关键原因就是不能接受自己不完美的人生。"梅须逊雪三分白，雪却输梅一段香。"高山自有高山的巍峨，细石自有其独到的玲珑。也许别人的优点正是你的优点，别人的缺点正是你的缺点；也许别人的优点能衬出你的不足。借别人之长来补己之短，把自己的优点发挥到极致，你的人生就是精彩的。

2003年7月1日

看淡名利

活着在世如春梦，尽管开怀饮几盅。
宁静致康才快乐，争权夺利坠虚空。

——题记

古希腊哲学家柏拉图在他的名著《理想国》中把人的灵魂分为三个部分：最高的一部分是"用来学习的"，是为了认识真理，而不那么关心金钱和荣誉。这部分又可称为"爱学和爱智"。灵魂的较低级的两个部分，一是"爱钱"，二是"爱荣誉"。由第一部分统治灵魂的人叫作"爱智者"或者"哲学家"；由金钱统治灵魂的人叫作"爱利者"，由荣誉统治灵魂的人叫作"爱胜者"。与此三种人相应，有三种形式的快乐。只有爱智者的快乐才是"真实的快乐""纯粹的快乐"，而爱利者和爱胜者始终得不到这种快乐。

诸葛亮在《诫子书》中说："夫君子之行，静以修身，俭以养德。非淡泊无以明志，非宁静无以致远。夫学须静也，才须学也，非学无以广才，非志无以成学。"意思是，心里如果有杂念，就不能达到成功的境界。想要成功就要心无旁骛地专心做一件事情。看轻世俗的名利，才能明确自己的志向；身心安宁恬静，才能实现远大的理想。

陶渊明为了养家糊口，来到离家乡不远的彭泽当县令。这年冬天，他的上司派来一名官员来视察，这位官员是一个粗俗而又傲慢的人，他一到彭泽县的地界，就派人叫县令来拜见他。陶渊明得到消息，虽然心里对这种假借上司名义发号施令的人很瞧不起，但也只得马上动身。不料，他的秘书拦住陶渊明说："参见这位官员要十分注意小节，衣服要穿得整齐，态度要谦恭。不然的话，他会在上司面前说你的坏话。"一向正直清高的陶渊明再也忍不住了，他长叹一声说："我宁肯饿死，也不能因为五斗米的官饷，向这样差劲的人折腰。"他马上写了一封辞职信，离开了只当了八十多天的县令职位。

从官场退隐后的陶渊明，在自己的家乡开荒种田，过起了自给自足的田园生活，以自己的亲身体验为基础，以自己卓越的诗歌才华，极大地丰富了农事和田园题材的创作。在田园生活中，他找到了自己的归宿，写下了许多优美的田园诗歌。他写农家人生活的悠然自得，"暧暧远人村，依依墟里烟"；他写自己劳动的感受，"采菊东篱下，悠然见南山"；他也写农人劳作的甘苦，"种豆南山下，草盛豆苗稀""不言春作苦，常恐负所怀"。他描写大自然的亲切，常常能激起人们的无限向往。除诗之外，他还给后人留下不少精美的散文，其中最著名的有《桃花源诗并记》等。他的作品成为中国古代文学宝库中的经典之作。

世界上著名的大科学家爱因斯坦对大多数人所汲汲追求的名声、富贵或奢华都看得非常轻淡，也因此留下了无数的佳话。爱因斯坦说，除了科学之外，没有哪一件事物可以使他过分喜爱，而且他也不过分讨厌哪一件事物。据说在一次旅行中，一位船长为了优待爱因斯坦，特意让出全船最精美的房间等候他，爱因斯坦竟然严词拒绝了。他表示自己与他人并无差异，所以不愿意接受这种特别优待。这种虚怀若谷、坦然率真的人品，成为许多人诚心敬佩的对象。

居里夫妇在发现镭之后，世界各地纷纷来信希望了解提炼的方法。在别人看来，如果居里夫妇去申请专利，那代表着他们能因此获得巨额的金钱，过上舒适的生活，还可以传给子女一大笔遗产。但是居里夫人听后却坚定地说："我们不能这么做。如果这样做，就违背了我们原来从事科学研究的初衷。"她轻而易举地放弃了这唾手可得的名利，如此淡泊名利的人生态度，使人们都能感受到她不平凡的气度。居里夫人一生获得各种奖章16枚，各种荣誉头衔117个，自己却丝毫不以为意。有一天，居里夫人的一位女性朋友来她家做客，忽然看见她的小女儿正在玩弄英国皇家学会刚刚奖给她的一枚金质奖章，不禁大吃一惊，连忙问她："居里夫人，那枚奖章是你极高的荣誉，你怎么能给孩子拿去玩呢？"居里夫人笑了笑说："我是想让孩子从小就知道，荣誉就像玩具一样，只能玩玩而已，决不能永远守着它，否则就将一事无成。"

邹韬奋说："一个人光溜溜地到这个世界来，最后光溜溜地离开这个世界而去，彻底想起来，名利都是身外之物，只有尽一个人的心力，使社会上的人多得他工作的裨益，是人生最愉快的事。"一个人如果拥有一颗纯真的心灵，在自己应该做的事情之中尽了全力，他的成就自然而然就会显现出来，他理所当然可以得到应该得到的人世间的荣耀。

看淡名利，才能不为权所欲，不为财所惑；不为富所骄，不为贫所移，才能使淡泊心态得到升华。看淡名利是一种境界，是一种超脱。一个人若能够像陶渊明、爱因斯坦和居里夫人那样做到看淡名利，那便是一种人生丰富阅历的展现，是一种智慧，一种成熟。

孟子曰："养心莫善于寡欲。其为人也寡欲，虽有不存焉者，寡矣；其为人也多欲，虽有存焉者，寡矣。"意思是：修养善心的方法，没有比减少求利的欲望更好的了。一个人求利的欲望少，那么即使善心有些丧失，也是很少的；一个人求利的欲望多，那么即使善心有所保存，也一定是很少的。看淡名利才是人生幸福的重要前提，如果你渴望轻松，渴望真正地获得生命的意义，那么请记住要看淡名利。

2009年4月10日

临财毋苟得

钱财非汝不得侵，荣誉名声可印痕。
夙愿达成需努力，上苍不负善良人。

——题记

  我们祖先曾留下许多做人的格言，其中有一句是"临财毋苟得"，意思是说，面对财物，不要动心，不要信手而得。

  在我小时候，有一次，我外婆生了急病，父亲叫我给她寄去200元钱和50斤粮票，不料却在去邮局的路上丢失。那年头，这笔钱可不是小数目啊！但不久，外公来信说："钱和粮票悉数收到。"事情很清楚，是被一位好心人捡到，按信上的地址将钱和粮票如数寄去。至今我还不知道他（她）的名字，遂将自己的一腔感激之情寄于那个"人帮人"的时代。

  高尔基说："人如果没有良心，哪怕有天大的聪明也活不下去。"

  苏东坡说过，"苟非吾所有，虽一毫而莫取"。意思是，那天地之间万物各有主宰者，如果不是我应有的东西，即使是一丝一毫也不会拿取。

  拉伯雷说："没有良心的人等于一无所有。"正如下面这个故事所说。

  清朝末年，有个山西人名叫李仁厚，人称"李老西"。李老西有个邻居，名叫赵茂才，是做小买卖的，家境不算宽裕，常受李老西接济。但赵茂才为人贪婪，平时常为一文钱和人争个脸红脖子粗，所以被称作"赵一文"。

  这年冬天，李老西回老家探亲。临行前，他对赵一文说："我现在要回老家去，我这里有40坛绍兴黄酒，想暂时寄存在你家里，等我回来时再来取。"赵一文满口答应。于是，那40坛绍兴黄酒便搬到赵家后院存放，李老西也就回老家去了。

一天，几个小孩玩耍，不小心将其中一个酒坛子打破了。可是，隔了半天却不见酒漏出来。赵一文打开一看全是银子，共有100锭，每锭50两。赵一文遂将40个坛子一一打开，里面全都装的是银子，总共4000锭，20万两。

赵一文心生歹意，将20万两银子取出，埋到地下。第二天，买来了绍兴黄酒，灌进酒坛，又照原样封好。

第二年春天，李老西来到赵家，将40坛绍兴黄酒搬回家中。结果打开坛子一看，顿时傻了眼，里面的银子全部不翼而飞，一气之下，李老西当夜就暴病而亡。

就这样，赵家凭空得了一大笔横财。赵一文生意越做越大，在城里买了房子，又在乡下买了地，家里雇了一大帮佣人和丫头，成了大富翁，不久，他还生了个孩子。

孩子长大成人，学业一帆风顺，先是考上了秀才，后又考上了举人。

当时清王朝财政连年亏空，卖官鬻爵十分普遍。为了能让儿子平步青云，赵一文花40万两银子，为儿子捐了一个道台的官职。

哪知道，40万两银子刚刚交清，道台的乌纱帽刚刚到手，这孩子却不幸暴病身亡。40万两银子全部付诸东流。

这对赵一文来说，简直是灭顶之灾！不久，他便离开了人世。临死前，赵一文对家里人说："不义之财不可取啊！"

常言说：善有善报，恶有恶报，时间一到，一切都报。这是不变的真理。

近代"五金大王"叶澄衷早年在黄浦江上靠摇舢板卖食品和日用杂货为生。一天，一位英国洋行经理雇他的小舢板从小东门摆渡到浦东杨家渡。船靠岸后，洋人因事急心慌，匆忙离去，将一只公文包遗失在舢板上。叶澄衷发现后打开一看，包内装有美金数千元和钻石戒指、手表、支票本等。他没有据为己有，而是急客人之急，在原处等候洋人以便归还。洋人见包后，大为感动，打开皮包，原物丝毫未动。洋人立即抽出一叠美钞塞到叶的手中，以示谢意，叶澄衷坚持不收，交包后就要开船离去。这位洋人见状，又跳上小船，让叶澄衷送他到外滩。一靠岸，洋人拉他到自己的公司，诚恳地邀请他一起做五金生意。从此，叶澄衷走上商途，因他品德高尚赢得了人们的欢迎，一步步地走上"五金大王"的地位。他的发迹与他做人讲良心的处事态度有着直接的关系。

我们每个人都当谨慎自己平时的言行，做任何事情，一定要注意做得合乎情理，不要让自己受到良心的谴责。

我认识一个企业家，他告诉我，他在读中学的时候去一家店里买东西，偷走了店主200元钱，一直受到良心的谴责，他一直努力打听这家店主。终于有一天他找到了，并带了一张30000元的支票去。但是原来的店主已经离世了，店主的孩子出来接待他。他说："我原来欠你父亲的钱，现在要还给他。"孩子说："父亲走的时候没有说人家欠钱，你这个钱我不能收。"他只好告知原委，最后跟店主的儿子说："为了这300元，我内心已经煎熬了几十年，你就算是帮我的忙。"听了他的话，出乎他的意料，小孩说："那我就收下你300元吧，如果我收了你30000元，那我不也就像你一样受到良心不安吗？你就把这些钱拿去做善事吧！"最后他真的把钱捐给了慈善基金会。我听完这个故事十分感动！不得不为店老板儿子不为钱财而动心的美德叫好！

马丁·德路说："昧着良心做事不安全，不明智。"雨果说："比海更宏伟的是天，比天更宏伟的是良心。"常言道："人无良心不如兽。"每个人行事为人都要对得起自己的良心，不做违背良心的事，做到问心无愧。一个守本分、讲道德的人，自然会得到更多的人助力，做事的机会就会越多，成功的希望就越大。因此，一定要用光明磊落的心态去走自己的人生旅程，那么路才能够越走越顺，越走越好！

2004年6月7日

每天给自己一个希望

> 不随流水浪淘空，要像春花竞放中。
> 希望犹如一沃土，种得自信获从容。
>
> ——题记

人生道路，会遇上许多不如意的事情，要如何面对呢？那就是给自己一个希望，你就会为自己的希望认真过好每一天，做好每一件事。

有位医生素以医术高明享誉医学界，事业蒸蒸日上。但不幸的是，在某一天他被诊断患有癌症。这对他不啻当头一棒，他一度情绪低落。但是最终他不但接受了这个事实，而且他的心态也为之一变，变得更宽容，更谦和，更懂得珍惜所拥有的一切。在勤奋工作之余，他从来没有放弃与病魔搏斗。就这样，他已平安度过了好几个年头。有人惊讶于他的事迹，问是什么神奇的力量在支撑着他，这位医生笑盈盈地答道："是希望。几乎每天早晨，我都给自己一个希望，希望我能够多救治一个病人，希望我的笑容能温暖每一个人。"这位医生不但医术高明，做人的境界也很高。生命是有限的，希望是无限的，每天活在希望中，我们的人生将五彩斑斓、韵味无穷。

在这个世界上，有许多事情是我们所难以预料的，任何时候都不要放弃希望，任何时候都不要放弃梦想，哪怕因残疾而不能行走。当你失意时，当你困惑时，当你寂寞惆怅时，当你痛苦不堪时，就给自己一个希望，你的心境就会坦然，就一定能冲破黑暗，迎来曙光。

威尔玛·鲁道夫从小就"与众不同",因为小时候患有小儿麻痹症,随着年龄的增长,她的忧郁和自卑感越来越重,甚至拒绝所有人的靠近。但也有个例外,邻居家那个只有一只胳膊的老人却成为她的好伙伴。老人是在一场战争中失去一只胳膊的,但他非常乐观,威尔玛非常喜欢听老人讲故事。

这天,威尔玛被老人用轮椅推着去附近的一所幼儿园,操场上孩子们动听的歌声吸引了他们。当一首歌唱完,老人说:"我们为他们鼓掌吧!"威尔玛吃惊地看着老人,问道:"我的胳膊动不了,你只有一只胳膊,怎么鼓掌啊!"老人对她笑了笑,解开衬衣扣子,露出胸膛,用手掌拍起了胸膛……那是一个初春,风中还有着几分寒意,但威尔玛却突然感觉自己的身体里涌动起一股暖流。老人对她笑了笑说:"只要努力,一只巴掌一样可以拍响,你一样能站起来!"

那天晚上,威尔玛让父亲写了一个纸条贴到墙上,上面是这样的一行字:一只巴掌也能拍响。从那之后,她开始配合医生做运动,甚至在父母不在时,自己扔开支架试着走路。蜕变的痛苦是牵扯到筋骨的,但她坚持着,她相信自己能够像其他孩子一样行走、奔跑……

11岁时,威尔玛终于扔掉支架。她又向着另一个更高的目标努力,她开始锻炼打篮球和田径运动。1960年罗马奥运会女子100米跑决赛,当她以11秒18分第一个撞线后,掌声雷动,人们都站起来为她喝彩,齐声欢呼着这个美国黑人的名字——威尔玛·鲁道夫。那一届奥运会上,威尔玛·鲁道夫成为当时世界上跑得最快的女人,她共摘取了3枚金牌,也是第一个黑人奥运女子百米冠军。

每天给自己一个希望,是引爆生命潜能的导火线,是激发生命激情的催化剂;每天给自己一个希望,我们将活得生机勃勃而激情澎湃。

海伦·凯勒在一岁多的时候因为生病,从此眼睛看不见东西,并且又聋又哑。由于这个原因,海伦的脾气变得非常暴躁,动不动就发脾气摔东西。她家里人看这样下去不是办法，便替她请来一位很有耐心的家庭教师沙利文小姐。海伦在她的熏陶和教育下，逐渐改变了。她利用自己仅有的触觉、味觉和嗅觉来认识四周的环境，努力充实自己，后来更进一步学习写作。几年以后，当她的第一本著作《我的一生》出版时，立刻轰动了全美国。在她的《假如给我三天光明》一文中，更是表达出了她坚强、乐观和向上的精神，而这一切都该归功于她每天给自己希望的结果。

生活就是一方沃土，你播种下什么，就收获什么。播种下你的希望，就没有时间浪费在一些无聊的事情上，就能在大道上踏出一路风光，收获成功的鲜花。播种下了梦想，每天给自己一个希望，就会迎来一个丰富多彩的美丽世界。

2004年6月13日

莫要盲目地与人攀比

道路那堪名利绊，抛开欲望取平安。
劝君莫要攀财富，一意孤行会困难。

——题记

攀比心理，是一种狭隘的不健康心理现象。一旦攀比心理需求无法得到满足，就容易产生挫败感和自卑情绪。这样的消极行为，必然会给我们的生活、学习及身心健康和事业发展带来负面影响。

有这样一则寓言。丛林中住着一只忧愁的小老鼠，整日闷闷不乐，它自感形象不佳，本领又小，生活在社会的最底层，每次看到猫都要逃跑。苦恼的小老鼠来到上帝的面前，再三哀求上帝给予帮助，把它变成一只猫。上帝答应了它的要求。于是，小老鼠变成了一只神气的猫。没高兴几天，又有了新的问题，原来猫怕狗。它又去求上帝，把它变成一只狗。可谁料，狗怕狼，于是它又跑去请求变成狼……如此这般一路请求一路变化，小老鼠最后变成了大象。它昂首挺胸，在丛林中散步巡视，威风凛凛，动物们见了它都点头哈腰，恭恭敬敬，它心中别提有多高兴了。可是没过多久，它有了新的发现：大象最怕的竟然是老鼠。这时它眼中最伟大的形象又变成了老鼠，于是它又去哀求上帝……

人们往往看不到自己的优势和幸福，只看到别人的优势和幸福。认识不到别人的优势可能就是自己的劣势；别人的幸福，可能正是自己的悲剧，甚至是自己的坟墓。

有两只老虎，一只在笼子里，一只在野地里，笼子里的老虎一日三餐无忧，野地里的老虎整天自由自在，它们互相羡慕对方的自由和安逸，最后互换了位置。但不久后，两只老虎都死了，一只因饥饿而死，一只因为没有自由而死。从笼子里走出的老虎获得了自由却没有获得捕食的本领，走进笼子里的老虎得到了安逸，却受不了在狭小空间生活。

攀比其实是一种欲望得不到满足的表现，但是人的欲望又是无止境的，拥有了几百万，见到别人上千万就会痛苦，有了几千万看到亿万富翁又会郁闷。为了能够爬到金字塔的顶端，只好像陀螺一样不停地旋转，所谓的幸福早已失去了它真实的意义。

在现实生活中，人与人之间最好不要攀比。一旦你和别人进行比较，就必须自问："我这样比较是为了让自己感觉更好，还是感觉更差？"若带来不好的感觉，就赶快制止这种不良的想法，随之去想自己的优点长处，以获得内心的愉悦。

有一只羊和一只骆驼是好朋友，它们一个高，一个矮。有一天，它们一起去公园里玩，说着说着就谈起高好还是矮好的问题。骆驼说："当然是高好，你看，再高的树叶我也能够得着。"说完，它一抬头就吃了一口树叶，羊伸长脖子却怎么也够不到一片树叶。羊不服气，走到公园的一个栅栏门口，羊一拱身子就进去了，一边吃起里面的青草一边说："还是矮好吧，你看，这里的草多嫩啊。"骆驼趴下身子，使劲往里钻也没能够吃到里面的青草。它们互相不服气，后来一起找到了老牛评理。老牛说："高有高的好处，矮有矮的好处，我们不能只看到自己的长处，看不到别人的优点。"羊和骆驼这才明白，尺有所短，寸有所长，发现别人的长处、优点，才能取长补短，做好事情。

其实，每个人都有自己的长处，也都有自己的短处。当然，正确的比较可以促使我们更加努力。比如，比谁对社会和国家做的贡献大，比谁的思想觉悟高，谁做的好事多，医生比谁的医术高，教师比谁教学好，当权者比谁更清正廉洁，为民办实事多。这些良性的比较都是有益的，这样的比较会让自己朝着理想的目标更进一步，如果是盲目的攀比，则是自寻烦恼，因为人生如戏，各人有各人的角色。我们每个人都有自己的幸福，你羡慕她的丈夫能赚钱，她却担心自己的丈夫花心；你羡慕他的妻子漂亮，他却怕自己的妻子红杏出墙。而在你羡慕别人的同时，说不定他也正在羡慕你呢。所以，我们不妨以人为镜，择善从之；紧紧盯住自己的事业，不羡慕他人起高楼大厦，不嫌弃自己住平房小屋。要知道，平房里住的我们依然能活出自己的精彩。

2004年10月23日

耐住寂寞

> 生命弱脆随时朽，梦想成功要守恒。
> 寂寞空间能立志，灯红酒绿度残生。
> ——题记

唐代诗人李白的《将敬酒·君不见》一诗中有这样一句："古来圣贤皆寂寞"，说的是，古往今来大凡有成就的人无不因为懂得耐住寂寞，专注事业。老子在两千多年前就提倡清静无为的思想。《黄帝内经·素问》也记载有"恬淡虚无，真气从之；精神内守，病安从来"的养生之道。诸葛亮"宁静致远、淡泊明志"的观点流传至今。终其思想就是要守住寂寞、耐住寂寞，在寂寞中磨炼自己，在寂寞中用心做事，在别人不理解、不支持的情况下默默耕耘，不轻言放弃。

在这个充满着诱惑的现代社会里，浮躁的人很容易失去方向、迷失自己，那满腔热血、胸怀大志都被远远地抛在脑后。面对五彩缤纷的世界，那分寂寞显得苍白无力，微不足道，这样也就等于放弃了自己的执着和梦想，最终会一直处在低谷中无法脱身。如果一个人处在低谷的时候能保持清醒的头脑，理性地分析自己、善待自己，进一步认识自己，守住寂寞，就会从低谷走向一个新的起点，守住了寂寞就等于见到了希望。

寂寞是人生中不可缺少的朋友，它无处不在，只是有的已经身临其境，有的还未触及而已。无论是华灯闪烁的城市还是宁静偏僻的田园，无论是春风得意还是秋风失意，它都无时无刻不隐藏在你的内心深处。当夜深人静之时，当曲终人散之际，它会悄悄浮上你的心头，拷问你的灵魂，让你细细品尝它的滋味。经不住寂寞的人才有了灯红酒绿、拿钱买欢的勾当，有了醉了不醒、醒了不醉的丑态，上演悲欢离合的话剧，折射出千姿百态的人生。这都是因为他们守不住寂寞，经不住诱惑，任凭心魔泛滥，导致身陷迷谷。

寂寞，实际上也是一种蓄势。猛兽在捕猎之前，都要静悄悄地占据一个有利地形，然后耐心地等待最合适的时机，才能一蹴而就。做人要学会在忍耐中等待时机，能够耐得住寂寞。寂寞是一种美好境界，寂寞是养生之道，寂寞是成才之路，寂寞是修养之法。大凡智者，无不甘于寂寞。

耐住寂寞，在寂寞中磨炼自己，在寂寞中用心做事，在别人不理解、不支持的情况下默默耕耘，不轻言放弃，在热闹繁华的背后坚守着一份安宁、一份清冷。虽然寂寞的路上没有鲜花和掌声，但有坚强的信心和不屈不挠的精神陪伴。守住寂寞，守住自己心中的那份坚持；守住寂寞，守住心中的那份承诺；守住寂寞等于守住了自我，实现了自我。如果没有寂寞没有空灵，人的灵魂就无法得以升华，世间处处都会纸醉金迷，物欲横流。所以说，寂寞是人生旅途中必经的一个驿站，是一种特定环境下的从容淡定，只有经历了寂寞的人才会懂得人生的精彩。

古人云："静而后能安，安而后能虑，虑而后能得。"从容淡定是一种气度与志向，洒脱娴静是一种能力与修养。凡是成大事者离不开大境界，大境界就意味着要守住寂寞。守住寂寞的人，看清的是自己所面对的时局与环境，牢记的是自己的使命与责任，保持的是旺盛的斗志与激情，只有守住寂寞才能赢得精彩人生。

1999年9月3日

平易近人

> 春风得意知荣辱，默默寻幽识苦甘。
> 权重位高低调态，能得百姓敬尊欢。
>
> ——题记

一个人想成就大事就要善于凝聚人心，让与之相关的人，心甘情愿地追随自己，帮助自己。然而，凝聚人心最有效的方法就是做到平易近人。

中国一级作家王宏甲老师，在一次为家乡人作健康保健报告时，为了证实保健在他身上起到了作用，竟然把自己的鞋袜脱了让大家观看，而对每个人的提问都热情回答，他的平易近人得到了大家的称赞。

那天，我在街上偶然遇到建阳区区长杨新强，想送他我写的书，可是因身边没有，要到新华书店去取。他竟然随我到建阳新华书店去取书。他不摆架子，平易近人让人感动！

生活中，我们常常见到一些人在地位和权势不如自己的人面前摆着一副盛气凌人的架势，颐指气使，以为自己很有能耐，高高在上。其实，这恰恰是一种浅薄、庸俗的表现。平易近人者，人皆近之。对有一定身份和地位的人来说，放下身段和大家平和相处，非但不失身份，反而更能受到大家的尊重。

当年林肯总统的平易随和是有口皆碑的，尽管他位居总统，却常常喜欢一个人独自走出办公室，到民众中去。平时他在白宫办公室的门总是开着，任何人想进来谈谈都受欢迎，不管多忙也要接见来访者。

林肯总统不愿意在他和民众之间拉开距离，这使保卫工作颇不好做。他也常抱怨那些执行职责的保卫人员说："让民众知道我需要与他们在一块儿，这一点是很重要的。"他先这样说，接着就开始躲避他的卫兵，命令他们回到陆军部去。他不愿意成为白宫办公室的囚徒，他保持着最高行政长官所不寻常的灵活性。

林肯很少拒绝人，甚至对有的人还鼓励他们来访。1863年，林肯写信给印第安纳州的一个公民说："对来见我的人们我一般不拒绝见他们，如果你来的话，我也会见你的。"他曾经说："告诉你，我把这种接见叫作我的'民意浴'——因为我很少有时间去读报纸，所以用这种方法搜集民意；虽然民众意见并不是时时处处令人愉快，但总的来说，其效果还是具有新意、令人鼓舞的"。

林肯的"民意浴"缩短了他与下属、人民的距离，加深了彼此间的感情，激发了人民参与国事的主动性和积极性，利国又利民。

放下身段，绝不会使高贵者变得卑微，反倒更能增加人们对他的尊敬之情，同时也能够使周围的人心悦诚服地以他为榜样，向他学习。这样的人把自己的生命之根深深扎在大众这块沃土中，又怎能不流芳百世，令人尊敬呢？

瑞典前首相帕尔梅是一位十分受人尊敬的领导人。他当时虽贵为首相，但仍住在平民公寓里。他生活十分简朴，平易近人，与平民百姓毫无二致。帕尔梅的信条是："我是人民的一员。"除了正式出访或有特别重要的活动外，帕尔梅在国内外参加会议、访问、视察和私人活动时，一向很少带随从人员和保卫人员，只是在参加重要的活动时才乘坐防弹汽车，并有两名警察保护。有一次，他去美国参加一个国际会议，人们发现他竟独自乘出租车去机场。

1984年3月，帕尔梅去维也纳参加奥地利社会党代表大会，也是独自前往的。当他走入会场时候，还没有人注意到他，直到他在插有瑞典国旗的座位上坐下来，人们才发现了他。对他的举动，与会者都啧啧称赞。

帕尔梅从家里到首相府，每天都坚持步行，在这一刻钟的时间里，他不时同路人打招呼，有时甚至与路人闲聊几句。帕尔梅同他周围的人关系都很好，工作之余，他还经常帮助别人，毫无高贵者的派头。帕尔梅一家经常去法罗岛度假，和那里的居民建立了密切的关系，那里的人都将他当朋友。他常常在闲暇时间独自骑车闲逛、铡草打水、劈柴生火、帮助房东干些杂活，以此来联系和接触群众，使彼此之间亲如一家人。帕尔梅喜欢微服私访，去商店、学校、厂矿等，与店员、学生、工人进行平等融洽的交流，同时还虚心听取他们的意见。他从不摆首相的架子，谈吐文雅、态度诚恳，也从不搞前呼后拥的威严场面。这些都使他深得瑞典人民的爱戴，许多普通人通过信件同他建立了友谊。他在位时平均每年收到15000多封来信，其中1/3来自国外。为此，他专门雇用了4名工作人员及时拆阅、处理和答复，做到来者皆阅，来者均复。对于助手起草的回信，他要亲自过目，然后才能签发。这一切都使他的形象在人们心中日益高大。帕尔梅首相府的大门也永远向广大人民开放，永远是人民的服务处。在瑞典人民的心目中，帕尔梅是首相，是平民，是领导人，又是兄弟、朋友。他是人民心目中的偶像。

"山不解释自己的高度，并不影响它耸立云端；海不解释自己的深度，并不影响它容纳百川；地不解释自己的厚度，并不影响它是万物之本。"平易近人是一种高贵脱俗的修养，更是一种智慧。一个人无论有多大的成就，名望有多显赫，地位有多高，财产有多丰厚，面对纷繁复杂的社会，更要懂得尊重别人，更要保持平易近人的态度。因为位高的人常常为众人所仰视、瞩目，你的一言一行会得到更多人的关注、议论和评判。如果此时能以低调的姿态平视众人，以平易近人的态度对待众人，做到华而不显、贵而不炫，就一定会赢得众人的拥戴、人心的归附。

2015年11月26日

求人不如求己

> 胸怀大志书章妙，心态弯曲胆气横。
> 不做怩怩娇嗲叹，躬身磨砺梦达成。
>
> ——题记

生活中我们总会遇到不少难题，有时候我们会想到逃避，会希望得到帮助，会渴望上帝来拯救我们，但这些渴望并不能够解决问题，甚至会生出更多的问题，所以我们不如自己解决。

有这样一个童话故事。乌鸦兄弟俩同住在一个巢里。不幸的是，它们居住的这个巢破了一个洞。由于洞很小，乌鸦兄弟谁都没有去理会。可是，随着时间的推移，这个洞越来越大。这时，大乌鸦想："弟弟会修。"小乌鸦想："哥哥会修。"结果谁都没有去修破洞，洞变得更大了。冬天到来时，在大雪纷飞中，乌鸦兄弟俩仍然猜想着对方一定熬不住，自然会去修巢。最终，一阵狂风过后，巢被吹落到雪地上，乌鸦兄弟都被冻僵了。

还有一个这样的故事。有一个年轻的农夫，他很厌恶耕种的生活，于是丢弃了耕地，独自来到城里闯荡。然而，由于他既没有学问，也没有技术，甚至还因为一次车祸而失去了一条腿，半年过去了，始终没有找到一个合适的工作，而身上带的钱早就花光了，最后不得不沦为乞丐。

一天，已沦为乞丐的农夫听人说，城里住着一位神秘的智者，只要诚心去拜见他，智者就能给来拜者一个改变命运的秘诀。

这个农夫经过很长时间的打听，终于找到了那位智者。

农夫连忙说:"您能告诉我一个改变命运的秘诀吗?我想变得富有起来。"

智者问:"那你现在家里还有什么呢?"

农夫回答说:"除了我这个人,就是几亩早已荒芜的土地了。"

智者点了点头,说道:"这两个条件足以使你改变命运了,你回家去吧。"

然后,智者递给农夫一包花籽,解释道:"等你拉一马车花瓣来,我可以告诉你一个炼金的秘诀,而花瓣就是炼金所必需的引子。"

农夫千恩万谢地离开了智者的居所,并且毫不犹豫地回到了乡下。他不知疲倦地劳作,那些荒芜的土地重新被他开垦出来。然后,他把智者交给他的那些花籽播种在里面。

第一年,他只采得了一竹篓花瓣,因为他留下了大半花朵任其成熟结籽。然后,继续扩大栽种。

第二年,农夫采集了满满一大马车晒制好的花瓣来到城里。他再一次找到了智者,恳求说:"炼金的引子我已经弄来了,您可以告诉我秘诀了吗?"

智者看着那一马车晒制好的花瓣说:"这就是你炼出的金子呀!"

原来,这些花瓣是名贵的中药材。智者让他卖给城里的一些药铺。那些药铺见农夫栽种的药材成色好,而且价格还便宜,纷纷与他签订供货合同。

农夫拿出钱来感激地说:"谢谢您,是您改变了我的命运,您是我的大恩人啊!"

智者却微笑着摇了摇头,说:"不要谢我,感谢你自己吧!如果你不肯付出努力,谁又能救得了你呢?"

如果一个人只是一味地寄希望于他人,否认自我,那就永远无法在竞争中占据主动,只能受制于人。所以说,我们应该用自己的力量与智慧自强不息，脚踏实地、勤勤恳恳去经营，去奋斗，努力挖掘出自己最大的潜力，不断地追求与创造，以实现事业的成功和理想的达成。

其实自己就是一座宝藏，只有拥有遇事求己的那份坚强和自信，才能成为主人。过分依赖别人，就会像风筝一样，把自己的一切都掌握在别人手中，到头来失败的只能是自己。

2006年1月28日

让脆弱的生命散发光芒

　　谦谦君子铮铮骨，淡淡平生坦坦当。
　　无意争锋争誉奖，花开只为路人香。

——题记

　　我有个文友名叫沙漠舟，他身残志坚，却是那样的乐观。他立志要像一盏明灯去照亮别人，带着他写的自传小说《亲爱的苦难》到全国各地演讲，想用火热的情怀唤起人们的坚强意志和无私的爱。他生了病也不停歇，每天喝着很苦的中药还要坚持演讲。最后，他的爱心没有感动上苍，一碗碗的苦药没有战胜死神，他带着未曾实现理想的遗憾轻轻阖上了双眼。但是，他写下的诗篇和著作《亲爱的苦难》激励着人们为善良、为梦想而努力。

　　生命，真的太脆弱了，死神伏在阴暗的角落，不时地向人类进行偷袭。你不知道它会出现在何时，何地，不知道会以怎样的面目出现。也许是一种致命的病毒，也许是坏人手中的利刃，也许是一次大规模的流行瘟疫，也许是一场席卷而来的洪水……

　　当然，生老病死是一个自然的过程，但要活得有价值，有尊严；要死得其所，要让脆弱的生命散发光芒。

　　海伦·凯勒，是美国著名的聋盲作家，她十九个月大时患了一场猩红热，重病夺去了她的听力和视力，变得又聋又瞎，双目失明，但她以惊人的毅力，经过几年的努力，终于学会了读书和说话。她学完小学到大学全部课程，她通晓英、法、德、拉丁、希腊等语言。在大学时代她就出版了《我的生活故事》《石墙之歌》《走出黑暗》《走向光明》《乐观》《海伦·凯勒：她的社会主义年代》等十四部著作，风靡五大洲。二十四岁大学毕业后，她跑遍美国各地，周游世界各国，全心全意为聋盲人的教育和福利事业贡献一生，曾受到许多国家政府、高等院校的赞扬和嘉奖。1965年，85岁高龄的海轮·凯勒被选为"世界十大杰出女性"之一。

华罗庚初中毕业后，因没有钱交学费而被迫停学。回到家乡，他一边帮助父亲干活，一边努力自学。但是没想到，竟不幸染上伤寒，病情严重。他在床上躺了半年之久，待病好后，却留下了终身残疾。但他身残志不残，依然坚强地跟病魔对抗。白日，他拖着病腿，忍着关节所带来的疼痛，一瘸一拐地干活；夜里，他在油灯下勤奋自学。1930年，他的论文在杂志《科学》上发布，这篇论文震撼了清华大学数学系主任熊庆来教授。至此，清华大学聘用华罗庚当助理员。在人才济济的清华园里，华罗庚一面做着助理员，一面到数学系听讲，并且还抽空自学了德文、法文、英文，发表了10篇论文。在他25岁的时候，就享誉全球。

生命脆弱，所以生命便愈是可贵，要让你的生命变得坚强，在死神扼住你的咽喉前，你充实地活过，那么你可以微笑着面对死神，让死神在你的生命之光前黯然失色。

让我们好好地活在今天，豁达坦然地面对人生，在黑暗中不回避，不逃离，在光明中好好学会珍惜与感恩，在逆境中学会忍耐与包容，让我们不被过去、未来所束缚，把握今天的快乐，把握今天的机遇，及时用行动来实现自己的理想和信念。真实地活在今天，做自己想做的事，度过充实的人生。那么，总有一天回望此生，想必会不留遗憾。

2012年3月27日

人生路上需坚强

绽放梅花万点红，经霜傲雪沐冰风。
虬枝力作凌云骨，才让馨香醉夜空。

——题记

生活在河底的两只蚌相遇了，一只蚌对另一只说："我真是痛苦不堪，沙子在我体内滚来滚去，让我痛苦得不能休息。"另一只蚌洋洋得意地回答说："谢天谢地，我身体里，可容不下半点沙子，我里里外外都很舒服。"此时有一只螃蟹经过，听到两只蚌的对话，便对那只骄傲的蚌说："是啊，你是很舒服，但你终其一生也只是一个再普通不过的蚌壳而已；而你的朋友忍受痛苦的结果，却能生出一颗非常美丽的珍珠。"

人生如蚌，难免会有这样那样的疼痛侵入。河蚌的身体因被沙子侵入，伤口的刺激使它不断分泌物质来疗伤，等到伤口愈合，旧伤处就会生长出一颗晶莹的珍珠！每一粒珍珠都是由痛苦孕育而成，人生也是如此，痛苦和烦恼往往是我们进入另一种美丽的契机。

有人说，人落地就哭，说明了人不愿意投胎做人，因为人间有苦难。的确，人的一生，都会历经酸甜苦辣的生活，为了生命的存活与延续，不停地奋斗在喜怒哀乐的人生路上。人生路上有苦酒，也有美酒，只要你勇敢地抬起头，苦酒也能化美酒。生活又像海洋，只有意志坚强的人，才能到达理想的彼岸。自强不息，乃幸运之母，真正的美好人生，只有在经过艰苦卓绝的斗争之后才能实现。

在东方卫视"中国达人秀"的现场,一个二十来岁、戴着眼镜的年轻人登场了。他名叫刘伟,颀长的个子,文弱而清瘦,两只胳膊上袖子空荡荡的,随着身体无力地晃动、摇摆着。

那一刻,让所有的人都愣住了:这是一个没有双臂的人!他没有手,怎么弹钢琴啊?

只见小伙子颔首微笑,从容淡定地走到钢琴前坐下,他将两只脚抬起来,轻轻地放在琴键上,用双脚流畅地弹奏了一段《梦中的婚礼》。一曲忧伤流畅的曲子,沁入了每个人的心田,美妙的琴声如同深涧中的清泉,柔潺潺地在大厅里流淌开来……那是我人生中听到的最美妙的音乐。顷刻间,我从心底发出由衷的赞叹!

琴声戛然而止。现场观众和评委们不约而同地起立,将热情的掌声献给了这位失去双臂、用脚趾弹奏的演奏者。灯光下,评委和观众们的眼里泪花闪烁。

评委说:"当我们听着刘伟的音乐,生活中任何的抱怨和不满,都应该没有了。你看看这样一个年轻人怎样弹动钢琴,打动人心,我觉得我们都应该放弃对生活的抱怨,精彩地活下去。"

刘伟望着评委和观众,仿佛陷入遥远的回忆中。接着,他一字一句地说:"我10岁时,与同伴捉迷藏不幸被电击中,失去了双臂。我绝望得想尽早结束自己的生命,但妈妈对我说,孩子,你要活下去,你一定能活下去。张海迪高位截瘫能成为作家,你用双脚也能走出自己的人生。从此,我用脚学会了用手所做的一切事情。当我决定用脚趾学弹钢琴时,许多人感到不可思议。看着别人不屑一顾,甚至是嘲笑的表情,我说,没有人规定钢琴一定要用手弹啊,就让我试一试吧。几年后,我终于可以用脚趾弹奏出美妙的音乐了,我的脚趾和手指一样灵活。当初不屑一顾,甚至是嘲笑我的人,这下相信了,我自己也相信了,脚趾真的也可以弹奏钢琴啊。"

他的话,质朴平和却铿锵有力,就像他弹奏出来的琴声,在大厅里回荡……最后他获得了达人秀的冠军。

　　因为生命的脆弱让刘伟失去了双臂，又因为生命的坚强让他的双脚插上翅膀拥有了辉煌！面对这样锲而不舍的人生，我们真的没有任何理由不坚强，去自暴自弃。

　　犹太裔心理学家弗兰克在第二次世界大战期间曾被关进奥斯威辛集中营三年，身心遭受极度摧残，境遇极其悲惨，他的家人几乎全部死于非命，但他仍不懈地客观观察，研究那些每日每时都可能面临死亡的人们，写出了《夜与雾》一书。

　　人生之路，不论经历了多少风雨，多少坎坷，多少荆棘，我们都应该保持这样一个信念——不经历风雨的洗礼，怎能见到绚丽的彩虹？在人生的道路上，不可能总是一帆风顺，总有许许多多的艰难险阻在等待着我们。这时，只要我们化困难为力量，勇敢地越过障碍，就会发现一片平坦的道路就在眼前。只要你在挫折时不屈服，失败时能从容，悲苦时能面对，毫不犹豫地选择坚强，美好的生活一定属于你！成功也就一定属于你！

2012年11月27日

善举才有善报

> 众生顶礼把佛求，叩问前程去解忧。
> 济世悬壶行善事，胜于跪拜又磕头。
>
> ——题记

善举是积极心态的最佳表现。善举是什么呢？它是关怀、分享、给予和牺牲。

善举不仅可以传递温暖，传递感动，它还可以增进人与人之间的情感，让生活变得更加多姿多彩！

战国时，齐国的孟尝君是一个以养士出名的相国。由于他待士十分诚恳，感动了一个叫冯谖的落魄人，此人为报答孟尝君的礼遇而投到他的门下为他效力。

一次，孟尝君叫人到其封地薛邑讨债，问谁肯去。冯谖自告奋勇说自己愿去，但不知将催讨回来的钱买什么东西。孟尝君说，就买点我们家没有的东西吧。冯谖领命而去，到了薛邑后，他见到老百姓的生活十分穷困，听说孟尝君的使者来了，均有怨言。于是，他召集了邑中居民，对大家说："孟尝君知道大家生活困难，这次特意派我来告诉大家，以前的欠债一笔勾销，利息也不用偿还了，孟尝君叫我把债券也带来了，今天当着大家的面，我把它烧毁，从今以后再不催还。"说着，冯谖果真点起一把火，把债券都烧了。薛邑的百姓没料到孟尝君如此仁义，个个感激涕零。

冯谖回来后，孟尝君问他买了何物，冯谖如实回答，孟尝君大为不悦。冯谖对他说："你不是叫我买家中没有的东西吗？我已经给你买回来了，这就是'义'。焚券市义，这对您收归民心是大有好处的啊！"

数年后，孟尝君被人谮谗，齐相不保，只好回到自己的封地薛邑。薛邑的百姓听说恩公孟尝君回来了，倾城而去，夹道欢迎。孟尝君感动不已，终于体会到了冯谖善举的良苦用心。

善举，就像一盏明灯，既照亮了周围的人，也照亮了自己，善举无须灌输和强迫，就能相互感染和传播。

有一对夫妇下岗不久，便开起了一家火锅店。夫妇俩以待人热忱、收费公道而赢得了大批的"回头客"。

每到吃饭的时间，小城里行乞的七八个大小乞丐，都会成群结队地到他们的火锅店来行乞。

其他店主，一见到乞丐上门，就会拉下脸来严厉地呵斥辱骂。而这夫妇则每次都会笑脸相迎，给这些肮脏邋遢的乞丐盛满新鲜饭菜。

日子就这样一天天地过着。一天深夜，一家从事丝绸生意的店铺，由于老板沉迷于麻将而忘了将烧水的煤炉熄灭，从而引发一场大火，殃及了隔壁的火锅店。这一天，恰巧丈夫去外地进货，店里只留下女人照看。一无力气，二无帮手的女店主，眼看辛苦张罗起来的火锅店就要被熊熊大火所吞没。着急万分之时，只见那帮乞丐赶来，冒着生命危险将店内的物品全都搬了出来。火锅店由于抢救及时保住了，而周围的那些店铺却因为得不到及时的救助，货物都被烧得精光。

善举不是一件可有可无的华丽的衣裳，而是人生路上最好的护身符。

俗话说："利人之举，常常也是利己之事。"有的人常常抱怨生活中的种种不平，因而不愿付出。然而，万事皆有因果，如果没有付出，又怎么能指望获得他人善意的回报呢？

2007年7月5日

适应不公平

> 山峰绿叶秋衰落，野地红枫竞俏葩。
> 若遇前途不等事，坚持自信不能趴。
>
> ——题记

比尔·盖茨对青年人有句忠告："这个世界本来就不公平，你要学会适应它。"这话非常有道理。在这个世界上，许许多多的人都认为公平合理是工作上应有的现象。但是，这个世界不是根据公平的原则而创造的。譬如，花了同样的钱去看电影，人家可以坐在好位置，而你却坐在拐角的地方；同样是大学毕业，你却没有别人的工作找得好；同样是爹娘所生而，你却不如别人长得高，不如别人长得英俊；同样是遇上海啸、地震，有的人活着，而有的人却死了……公平只是一个概念，是人们希望达到的一种效果。

为了生存，每个人都要面对与他人的竞争，而不得不努力地挣扎着，以获取属于自己的一片天地。但在很多时候，我们努力了，却没有得到期望的结果。不要悲伤，不要哭泣，不要怨天尤人，擦干眼泪，默默地舔舐自己的伤口，平静地面对这个世界。由于社会中的各种力量是分强弱的，有高有低、有主有次、有对有错、有主导有迎合，不公平是绝对的，公平是相对的，你只能去接受它。正因为如此，整个社会才是动态的，才会有多姿多彩。如果一切都是"公平"的，这个社会岂不成了一潭死水？

所以，每一个成功路上的竞赛者，都应该立即为自己制订一个明确的目标，知道自己要的是什么，并用热切的渴望、积极的行动去实现它，而不是一味地去抱怨世界的不公。因为世事没有绝对的公平，一味地追求公平只会让人心理失衡；一味地为了公平而争斗，只会让我们舍本逐末，失去更多。更何况，又有谁会在意一个失败者的抱怨呢？

某酒店的清洁工，每天要打扫卫生，很累很辛苦。他们总是抱怨生活，为什么别人的工作轻松自在，自己却辛苦劳累，而工资还比别人低。于是在休息时，他们总是以打牌或去卡拉OK打发时间，抒发愤懑。唯有一位年轻的清洁工不和他们为伍，每天都快乐地把楼道擦洗得干干净净，并利用空余时间参加酒店管理职能培训。几年后，这位年轻人参加了酒店经理竞选，她的考试得到了满分，一跃成为这家酒店的经理。

我们首先要认识生活的客观存在，学会适应而不是随波逐流，要在此基础上抓住时机，充实自己，优化自己。这样，才有机会改变现状，寻找到新的、公平的生活。

有这样一个寓言故事。一户人家养了一条狗、一只猫。狗是勤快的，每天当主人家中无人时，便竖起两只耳朵，虎视眈眈地巡视在主人家的周围，哪怕有一丁点的动静，狗也要狂吠着疾奔过去，就像一名恪尽职守的警察，兢兢业业地为主人家做着看家护院的工作。

每当主人家有人时，他的精神便稍稍放松了，有时还会伏地沉睡。于是，在主人家每一个人的眼里，这只狗都是懒惰的，极不称职的，便也经常不喂饱它，更别提奖赏它好吃的了。

猫是懒惰的，每当家中无人时，便伏地大睡，哪怕三五成群的老鼠在主人家中肆虐。睡好了，就到处散散步，活动活动身子骨。等主人家中有人时，它的精神也养好了，这儿瞅瞅那儿望望，也像一名恪尽职守的警察，时不时地还要去给主人逗趣。在主人的眼中，这无疑是一只极勤快、恪尽职守的猫，好吃的自然给了它。

由于猫的不尽职守，主人家的耗子越来越多。终于有一天，耗子将主

适应不公平　185

人家唯一值钱的家当咬坏了。主人震怒了，他召集家人说："你们看看，我们家的猫这样勤快，耗子都猖狂到了这种地步，我认为一个重要的原因就是那只懒狗，它整天睡觉也不帮猫捉几只耗子。我郑重宣布，将狗赶出家门，再养一只猫。大家意见如何？"家人纷纷附和说："这只狗是够懒的，每天只知道睡觉，你看猫，每天多勤快，抓耗子吃得多胖，都有些走不动了，是该将狗赶走，再养一只猫。"于是，狗一步三回头地被赶出了家门。

　　本来抓老鼠就是猫的职责，主人却怪狗不帮猫抓老鼠，把狗赶走。这是很不公平的，但这是人类的通病，不公平，狗又能如何呢？

　　这个世界到处充斥着不公平，只有认识到这一点，才不会虚度时光，陷入困境。

　　这个世界不在乎你的自尊，这个世界期望你先做出成绩，再去强调自己的感受。生活本来就不是绝对公平的，只有正视这种现实，努力生活，努力工作，才会找到属于自己的公平，才能用潇洒豁达的人生态度去生活，坦然面对各种"不公平"。只有这样，你才会永远活在不抱怨的天空下，活得阳光且灿烂。

2006年4月2日

想气质不凡多读书

> 鲜花娇艳需培育，树木葱茏靠沃山。
> 容貌修成儒雅气，诗书长伴是当然。
>
> ——题记

气质，是指一个人内在涵养或修养的外在体现，是一种内在的人格魅力，是内在的不自觉的外露，是丰富的内心世界的表现。

读书改变气质，古今中外早有此论。乾隆皇帝曾有一段精彩的论述："至于'书气'二字，尤为宝贵，果能读书，沉浸酝酿而有书气，更集义以充之，便是浩然之气。人无书气，即为粗俗气、市井气。"北宋文学家苏东坡说："腹有诗书气自华。"宋代诗人、书法家黄庭坚曾说："士大夫三日不读书，则义理不交于胸中；对镜觉面目可憎，向人则语言无味。"宋代书法家米芾也说："一日不读书，便觉思涩。想古人未尝片时废书也。"清末重臣曾国藩则认为，"读书可以变换骨相"。曾国藩虽历任两江总督，权势显赫，却不希望儿子做大官，但愿成为读书明理之君子。他在给儿子曾纪泽的信中称："人之气质，由于天生，很难改变，唯读书则可以变其气质。古之精于相法者，并言读书可以变换骨相。"

英国哲学家培根认为读书可以美化人格。他说："读书补天然之不足，经验又补读书之不足，盖天生才干犹如自然花草，读书然后知如何修剪移接；而书中所示，如不以经验范之，则又大而无当。"他还说，"读史使人明智，读诗使人灵秀，数学使人周密，科学使人深刻，伦理学使人庄重，逻辑修辞之学使人善辩。凡有所学，皆成性格"。

诚然，漂亮的容貌，时髦的服饰，精心的打扮，都能或多或少给人以美感。但是这种外表的美总是肤浅而短暂的，如昙花一现，就像是天上的流云转瞬即逝。有些人生来外表不好看，是毫无魅力的甚至可以说很不完美的。然而，读书生涯居然使他们由内到外获得了新生，变得有"气质"，使你感觉到他们的奕奕神采。这种气质是内在修养的外在表现，它通过人的言谈举止表现出来，而气质给予人的美感是不受年龄、服饰局限的。

读书还能养成高雅脱俗的品行，拥有一种气质之美、风度之美。打开一本好书，我们可以获取各种不曾懂得的知识，了解不同的见闻，甚至可以聆听到智者的人生感悟。读书能开阔人的眼界，给人以精神的动力与养料，使人心胸豁达，目光高远，成为一个丰富的人。高尔基说："书是人类进步的阶梯。"读书不仅可以增长我们的阅历、知识，还能引导我们树立正确的人生观，建立并完善自己的人格。

"有气则有势，有势则有度。"读书不单是增进学问，还能在不知不觉中激发与涵养人的善性，美化人的心灵，从而优化人的气质。

当然，读书改变气质并不是一朝一夕的事，是一个长期修炼的过程，需要坚持不懈的学习积累。只有把读书当成生活的一部分，当成与吃饭睡觉一样的需要，经年累月、不断地汲取书中的营养，开阔视野，积累智慧，陶冶情操，才能升华思想境界，从而达到美化自己的气质。

1980年5月1日

想要成功必须自信

> 何惧青山万丈高，穿云破雾抖襟袍。
> 纵然要想成功至，自信从容胆气豪。
>
> ——题记

自信心对事业的发展起着至关重要的作用，它是一种不可抵挡的力量，能够摧垮一切艰难险阻，催人不断进取向上。自信的人，在遭遇困难和挫折的时候，不会自甘堕落、自惭形秽。缺乏自信的人，往往在遭遇困难与挫折的时候，脑中浮现的都是自己不行了，最终放弃了奋斗的勇气。因此，没有自信的人是无法在事业上获得成功的。

美国前总统罗斯福，在就任参议员时，潇洒英俊，才华横溢，深受人们爱戴。有一天，罗斯福在加勒比海度假，游泳时突然感到腿部麻痹，动弹不得，幸亏旁边的人发现和挽救及时才避免了一场悲剧的发生。经过医生的诊断，罗斯福被证实患上了脊髓灰质炎（俗称小儿麻痹症）。医生对他说："你可能会丧失行走的能力。"罗斯福并没有被医生的话吓倒，反而笑呵呵地对医生说："我还要走路，而且我还要走进白宫。"第一次竞选总统时，罗斯福对助选员说："你们布置一个大讲台，我要让所有的选民看到我这个患麻痹症的人，可以'走到前面'演讲，不需要任何拐杖。"当天，罗斯福穿着笔挺的西装，面容充满自信，从后台走上演讲台。他的每次迈步声都让选民们深深感受到他的意志和十足的信心。后来，罗斯福成为美国历史上唯一连任四届的伟大的总统。

从这个故事可以看出，自信心对一个人有多么的重要。只有相信自己会成功，才可能最后成功，自信比金钱、权势、地位更重要，它是人生迈向成功的关键。

　　自信的人常常胸怀大志，他们敢于大胆地去想象，敢于发表自己的见解，能够不失时机地捕捉机会。因此，不管前进的道路多么艰难，自信的人总能奋发图强，战胜挫折与失败。

　　有一位女歌手第一次登台演出时，内心十分紧张。想到自己马上就要上场，面对成千上万的观众，她的心里直打鼓："要是在舞台上一紧张，忘了歌词怎么办？"她越是这样想，心跳得就越快，甚至萌生了要逃避的念头。就在这时，一位前辈笑着走过来，随手将一个纸卷塞到她的手里，轻声说道："这里面写着你要唱的歌词，如果你在台上忘了词，就打开来看。"有这个纸卷握在手心，她的心里顿时踏实了许多，走上台发挥得相当出色，赢得了听众阵阵热烈的掌声。她高兴地走下舞台，向那位前辈致谢。前辈却笑着说："其实我给你的只是一张白纸，但你握住的并不是一张白纸，而是你的自信啊！"在以后的人生路上，歌手时刻想着前辈这句话，用自信战胜了一个又一个困难，取得了一次又一次辉煌的成功。

　　不管你的天赋多高，能力多大，教育程度多深，你最终取得的成就，都永远不会高过你的自信。如果你对自己的能力非常的自信，那么你就能成就辉煌的事业。

　　爱因斯坦的"相对论"发表后，有人曾编纂了一本叫作《百人驳相对论》的书，该书网罗了一批所谓"名流"对这一理论进行声势浩大的挞伐。可是爱因斯坦对自己的理论充满自信，对那些"挞伐"不屑一顾。他说："假如我的理论是错的，一个人反驳就够了，一百个零加起来还是零。"他坚定必胜信念，坚持研究，终于使"相对论"成为世纪最伟大的理论之一，为世人瞩目。

　　李白因得罪杨贵妃而被放逐时，他用"天生我材必有用，千金散尽还复来"这句话来勉励自己。自信使李白拥有了坚韧的毅力，虽然他的抱负没有实现，但他却成了名垂青史的大诗人。

当司马迁受以宫刑之后，是自信使他将《史记》这一巨作写了出来。如果没有自信，就不会有一本完整的《史记》留于人世，司马迁也不可能成为一个伟人。没有自信，刘邦也不可能成就大业，建立汉朝，他只会是一位小小的亭长，而不会是后来的汉高祖。

自信可以穿越时空，它来去如风，却又会在每个人身边停留，如果你抓不住它，它就会如黄河之水一去不复返。如果你的心中充满了自信，就有了通往成功之门的通行证，就有了顽强拼搏的力量，就有了不怕困难、勇往直前的干劲，成功就在你前方不远处！

1999年9月29日

学会宽容

> 与人为善真情长，宽厚心胸更坦然。
> 磕碰互相多理解，阴云散尽不忧担。
>
> ——题记

"宽容"的意思是，宽宏有气量，不计较或不追究。

自古至今，宽容被圣贤乃至平民百姓尊奉为做人的准则和信念，并且成为中华民族传统美德的一部分。古人云"得饶人处且饶人"，这是一种宽容。美国作家房龙也曾写道："宽容从来就是一件奢侈品，购买他的人只会是智力非常发达的人。"

《史记》里记载有这样两个故事：一是春秋时期的齐桓公。齐桓公早年曾和管仲有过"一剑之仇"，但他后来即位时，非但未计前嫌，还拜管仲为相国。管仲不负厚望，辅佐齐桓公"九合诸侯，一匡天下"。二是战国时期赵国的廉颇。赵国大将军廉颇，因不满蔺相如的官职比自己高，设法羞辱他。而蔺相如听说后，开始躲避廉颇，廉颇知道自己做错后，背着荆条去蔺相如家道歉。蔺相如原谅了他，使两人成为"刎颈之交"，共同治理赵国。两个故事都说明了这样一个道理，那就是：以诚待人，宽大为怀。

宽容不仅是做人的美德，更是一种明智的处世态度。宽容，在一定意义上折射出的是一种形象的魅力，人格的魅力。

宽容，犹如冬日的正午阳光，可以把冰雪融化为潺潺细流。而一个不懂得宽容的人，总是处处给自己寻找"伤心的理由"，会把生命的弦绷紧至近断裂的地步。一个人如果一再地求全责备而不肯宽容别人的疵瑕，这样的人最终会把自己推向险峰绝顶。不是吗？有的人因一些小事不肯宽容，最后酿成大祸，甚至造成命案，使自己处于与世隔绝的境地，后悔莫及。

"人非圣贤，孰能无过。"因为情绪的波动、见识的肤浅等原因，常常会影响到对某些人或事物的正确认识，不但容忍不了别人的过失，甚至会错怪别人的好意。我们又为何不能宽容自己或别人的某些失误呢？

"泰山不让土壤，故能成其大；河海不择细流，故能成其深。"宽容就像天上的细雨滋润着大地，它赐福于宽容的人，也赐福于被宽容的人。因为，宽容别人，就是宽容我们自己。多一点对别人的宽容，我们生存中就多了一点空间。

春秋战国时，楚庄王举行一次宴会来招待他的一批得力臣下。他让自己一位心爱的美女为众人斟酒，以助酒兴。夜幕初降时，众人已有几分醉意，这时，一阵风吹灭了烛火。黑暗中，有人借着酒意，趁机拉住斟酒美女的衣袖，但被此美女挣脱了。美女机灵，顺手拉断了那人的帽缨握于手中。美女来到楚庄王座前一阵撒娇、咬耳朵，拿出帽缨，非要楚庄王查出此人，严加惩处，为自己出气。

虽然美女是悄声说话，但坐在楚庄王旁边的臣下们已猜出几分，不禁替那位冒失的人捏了一把汗。而那位冒失之人已吓得冷汗淋漓，面如土色，垂头待死。气氛十分紧张，庄王却不动声色，似乎什么事都没发生。

楚庄王大声下令："今天，有这么多的猛将良臣与我共饮，我觉得十分痛快。咱们继续喝，不醉不罢休。还有，谁不把帽缨扯断，谁就没有痛饮尽欢，我就要罚他！"

所有的臣子们都拉断了自己的帽缨，放胆狂饮，直至东倒西歪才尽兴离去。

不久，在楚国围困郑国的一场重要战事中，一位武士特别勇敢，带头冲入敌阵，交锋五个回合，便杀了五个敌人。他的神勇极大地鼓舞了楚军将士的斗志，大家齐声呐喊，冲向敌军。郑国军队被吓得乱了阵脚，丢盔弃甲，狼狈而逃。最终，楚军大获全胜。

之后，楚庄王派人慰劳这位武士，一打听，才知他就是上次宴会上被美女扯断帽缨的人。

试想，如果楚庄王为那次宴会上的小事而责罚那人，那么他也就会在战场上少了一位神勇的武士。

因为谁都难免会有考虑欠妥、计划不周全等差错，我所说的宽容是，要常怀诚心，常以善意去宽待生活中一些并无恶意的而又令人遗憾的人和事，或以善意去感动化解那些原本带有恶意的人和事。

当然，宽容并不意味着对恶人横行的迁就退让，也并非对自私自利的鼓励纵容。对于十恶不赦之人，对涉及非常重大的原则性问题的人，是绝不能宽容的。因为，对恶人的宽容，就是对善良人的伤害。我所说的宽容是针对非原则性的事情。

2008年11月9日

学会欣赏他人

> 欣赏湖光翠绿盈，山花灿烂透眸明。
> 飞虫杂草高音叫，乐在其中变美声。
> ——题记

孔子说："三人行，必有我师焉。"善于欣赏别人，不仅是一种聪明，更是一种智慧。尺有所短，寸有所长，发现别人的长处、优点，才能取长补短，做最好的自己。

常言道："知人者智，自知者明。"人与人之间的关系往往是相互的，与人为善，也是与自己为善。

欣赏别人是对自身品德的修养，对被欣赏者来说，是一种引导和激励。

有这样一个故事：1852年秋天，屠格涅夫在打猎时无意间捡到一本皱巴巴的《现代人》杂志。他随手翻了几页，竟被一篇题名为《童年》的小说所吸引。作者是一个初出茅庐的无名小辈，但屠格涅夫却十分欣赏，钟爱有加。

屠格涅夫四处打听作者的住处，最后得知作者是由姑母一手抚养照顾长大的。屠格涅夫找到了作者的姑母，表达他对作者的欣赏与肯定。姑母很快就写信告诉自己的侄儿："你的第一篇小说在瓦列里扬引起了很大的轰动，大名鼎鼎、写《猎人笔记》的作家屠格涅夫逢人便称赞你。他说，'这位青年人如果能继续写下去，他的前途一定不可限量！'"

作者收到姑母的信后惊喜若狂，他本是因为生活的苦闷而信笔涂鸦打发心中寂寥的，由于名家屠格涅夫的欣赏，竟一下子点燃了心中的火焰，找回了自信和人生的价值，于是一发而不可收地写了下去，最终成为享有世界声誉的艺术家和思想家。他就是列夫·托尔斯泰。

有位哲学家曾说过，渴望得到别人的认可和赞赏，是人类埋藏最深的本性。天底下几乎没有不喜欢被欣赏的人，几乎没有被欣赏后而不尽心竭力的人。

就比如我来说，每每写文章发给王宏甲老师看，他从来都是鼓励我说："你写得很好！"我得到了鼓励就更加努力去写好文章。

被人们称为"环球第一CEO"的杰克·韦尔奇，从小就有口吃，经常闹笑话，他陷入了烦忧之中。韦尔奇的母亲却对儿子十分欣赏，对他说："这是因为你大智慧，没有任何一个人的舌头可以跟得上你这样聪慧的脑壳。"于是，韦尔奇不再为自己的口吃担心，他相信母亲说的话，自己是一个有大智慧的人。后来，他经过努力成为美国通用电气公司首席执行官。

欣赏是一种助人为乐，也是一种对他人的尊重和关爱，因为有的时候，你的欣赏会给人一种鼓舞。这种欣赏会在不知不觉中改变他人的命运。

有人在一个生活圈子里做过这样的试验，让每个人写出最有好感的人员名单，同时也写出最讨厌的人员名单。最后统计后发现了一个规律：你产生好感的那些人，往往是对你有好感的人；而你所讨厌的人，往往也是讨厌你的人。"将欲取之，必先予之""汝爱人，人恒爱之"说的就是这个道理。

培根说，"欣赏者心中有朝霞、露珠和常年盛开的花朵，漠视者冰洁心城，四海枯竭，丛山荒芜。"欣赏者是用欣赏的眼光去看待别人，所以他的心中总是有美丽的东西，心情开朗，所面对的事物都是美好的。漠视者总是不关心别人，对一切冷漠，所以他的心灵是封闭的，总是没有生机，心中荒芜。

　　孟子说："诚者，天之道也；思诚者，人之道也。"一个人只有以真诚的态度对待别人，才会获得他人的尊重、理解和信任，才能处理好人际关系。你欣赏他，就是给人友好，给人鼓舞，给人力量。同时，你也是在欣赏自己，也是对自己的一种鼓励，因为，在欣赏他人的过程中，往往也能以人为镜，看到自己的不足，找出自己的差距，从而不断地汲取别人身上的优点来哺育自我，最终得到知识和品德的提升。

2002年7月3日

拥有好人品

> 美好德行道路寻，笃守节操自称心。
> 纯真质朴为根本，不染污泥受众钦。
>
> ——题记

人活一辈子，有两件事，第一是学做人，第二是学做事。做人很重要，如果不会做人，即使你知识再多，也未必能把事做好。只有好的人品才能成就事业。

美国加州数码影像有限公司需要招聘一名技术工程师，一个叫史密斯的年轻人去面试，他在一间空旷的会议室里忐忑不安地等待，不一会儿，一个相貌平平、衣着朴素的老者进来了，史密斯站了起来。那位老者盯着史密斯看了半天，眼睛一眨也不眨。正在史密斯不知所措的时候，老人上前抓住史密斯的手说："我可找到你了，太感谢你了！上次要不是你，我可能再也看不到我的女儿了。""对不起，我不明白你的意思。"史密斯一脸迷惑地说道。

"上次，在中央公园，就是你，就是你把我失足落水的女儿从湖里救上来的！"老人肯定地说道。史密斯明白了事情的原委，原来老人把自己当成他女儿的救命恩人了。"先生，你肯定认错人了，不是我救了你的女儿！"史密斯诚恳地说道。"是你，就是你，不会错的！"老人又一次肯定地说。史密斯面对这个对他感激不已的老人只能做些无谓的解释："先生，真的不是我，你说的那个公园我至今还没有去过呢！"听了这句话，老人松开了手，失望地望着史密斯说："难道我认错人了？"史密斯安慰老人说："先生，别着急，慢慢找，一定可以找到救你女儿的恩人的！"

后来，史密斯接到了录取通知书。有一天，他又遇到了那个老人。史密斯关切地与他打招呼，并询问道："你女儿的救命恩人找到了吗？""没有，我一直没有找到他！"老人默默地走开了。

史密斯心里很沉重，对旁边的一位司机师傅说起了这件事。不料，那司机哈哈大笑，说："他可怜吗？他是我们公司的总裁，他女儿落水的故事讲了好多遍了，事实上他根本就没有女儿！"

"哦？"史密斯大感不解。那位司机接着说："我们总裁就是通过这件事来选拔人才的，他说有德之人才是可塑之材！"

史密斯兢兢业业地工作，不久就脱颖而出，成为公司市场开发部总经理，一年为公司赢得了3500万美元的利润。当总裁退休的时候，史密斯继承了总裁的位置，成为美国的财富巨人，家喻户晓。后来，他谈到自己的成功经验时说："一个一辈子做有德之人的人，绝对会赢得别人永久的信任！"

孔子说："子欲为事，先为人圣。""德若水之源，才若水之波。"好的人品将有助于你走上成功之路。只有先做好人才能做大事，这是古训，先人早就强调了"做人为先"的重要性。人品差的人会丧失很多成功的机会，甚至会招来杀身之祸，如《三国演义》中的吕布，能征善战，英雄无敌，但品格低下，先认丁原做义父然后杀丁原，后认董卓做义父又杀了董卓，最终被曹操抓起来杀掉。

教育家陶行知说："千学万学学做真人。"学会做人，对于每个人来说，都不是一时一事之事，而是一生中时时刻刻、事事处处都要面对的课题和考验。《孔子家语》中有这样一句话："与善人居，如入兰芷之室，久而不闻其香，即与之化矣；与不善人居，如入鲍鱼之肆，久而不闻其臭，亦与之化矣。"意思是：和道德高尚的人在一起，就像进入有兰花香气的屋子，久了会身染香气，就闻不到兰花香气了。和素质低劣的人在一起，就像进入咸鱼市场，时间久了就变臭。"丹之所藏者赤，漆之所藏者黑，是以君子必慎其所处者焉。"藏朱砂的地方就有红色，有油漆的地方就有黑色，因此有道德修养的人必须谨慎朋友和环境。在人生道路上，不管你是用人还是为人做事，都要牢记"做事先做人，拥有好人品"这句箴言。

2002年5月16日

勇于吃亏就不亏

排除杂念灵魂净，心境达观景致宽。
经受委屈得厚报，前程似锦享安然。

——题记

我说的吃亏，并不是让你损失自己的核心利益屈服于别人，而是说要明白取舍，不要起妄念贪心。吃亏与占便宜，正如祸福相倚一样，是互相依存、相互转化的。有时也并不是马上就可以见到结果，但没有今天的"付出"，又怎么会有日后的"回报"呢？

东汉时期，有个名叫甄宇的在朝官吏，时任太学博士。他不仅博学多识，而且为人忠厚，遇事谦让，上下同僚都相处得很好。有一次，皇上把一群外番进贡的活羊赐给了在朝的官吏，要他们每人得一只。在分配活羊时，负责分羊的官吏犯了愁：这群羊大小不一，肥瘦不均，怎么分群臣才没有异议呢？这时，大臣们纷纷献计献策。有人说："把羊全部杀掉吧，然后肥瘦搭配，人均一份。"也有人说："干脆抓阄分羊，好不好全凭运气。"就在大家七嘴八舌争论不休时，甄宇站出来了，他说："分只羊不是很简单吗？依我看，大家随便牵一只羊走不就可以了吗？"说着，他就牵了一只最瘦小的羊走了。看到甄宇牵了最瘦小的羊走，其他的大臣也不好意思专牵最肥壮的羊，于是大家都捡最小的羊牵，羊很快就被牵光了，每个人都没有怨言。这件事情传播开来，洛阳城里的人无不为甄宇的高风亮节折服，四处赞扬他，以致连光武帝也知道了。一次，光武帝视察太学，想召会甄宇，便直接询问"瘦羊博士"在哪里。从此以后，京师洛阳的人们就以"瘦羊博士"来称呼甄宇。不久，在群臣的推举下，甄宇又被朝廷提拔为太学院院长。从表面上看，甄宇牵走了小羊吃了亏，但是他却得到了群臣的拥戴、皇上的器重。实际上，甄宇是得了大便宜。

老子说："曲则全，枉则直；洼则盈，弊则新。"这段话的意思是，委曲便会保全，屈枉便会直伸；低洼便会充盈，陈旧便会更新。所以有道的人坚守这一原则作为天下事理的范式，不自我表扬，反能显明；不自以为是，反能是非彰明；不自己夸耀，反能得有功劳；不自我矜持，所以才能长久。正因为不与人争，所以遍天下没有人能与他争。提前吃亏，可以确保日后不亏。学会吃亏，才能自在地生活于世。聪明的人敢于吃亏，睿智的人善于吃亏。能够吃亏的人，往往是一生平安，幸福坦然。那些常怕自己吃亏的人，只局限在"不亏"的狭隘的自我思维中，这种心理会蒙蔽他的双眼，总是斤斤计较，处处较劲，常为蝇头小利与人争得面红耳赤，势必要遭受更大的灾难，结果是不但吃亏，而且往往还会多吃亏。

在我们的日常生活中，你总会看到一些人为了一点利益而斤斤计较，虽然从短期来看，他得到了别人没有得到的东西，获取了别人没有获取的利益；但是从长远来看，他可能失去了别人的信任，在以后的打交道过程中，他可能会损失获取更多利益的机会。

当然，在实际生活中真正做到甘愿吃亏并不那么容易，这就要在实际生活中加强修养，大凡一个人遇事能推己及人的就容易与人相处好些。同时在人际交往中，要加强自己对环境的适应力，不要怨天尤人。社会上有各种各样的人，在交往中要常常换位思考，假如你处在对方的地位又将如何？这样一来，许多不愉快的事都可以避免发生。

不怕吃亏的人，总是把别人往好处想，这种人胸怀开阔，会得到旁观者的同情，不但赢得好人缘，还会在道义上得到更多人的支持，为自己构筑了坚实的人脉，会在宽容纯净的世界里，享受着永久的快乐和幸福。

2000年11月7日

用平常心态看得失

> 世事纷纭一局棋，淡看得失少伤悲。
> 浮云聚散任来去，自古兴衰各有时。
>
> ——题记

古人语："天欲祸人，必先以微福骄之；天欲福人，必先以微祸儆之。"所以福来不必喜，祸来不必悲，要看他会承受。

《老子》第五十八章："祸兮，福之所倚；福兮，祸之所伏。"意思是说祸与福互相依存，可以互相转化。比喻坏事可以引出好的结果，好事也可以引出坏的结果，主要是要有平常心看待得与失。

《淮南子》中有这样一个故事：一位住在长城边的老翁养了一群马，其中有一匹马忽然不见了，家人们都非常伤心，邻居们也都赶来安慰，而他却无一点悲伤的情绪，反而对家人及邻居们说："你们怎么知道这不是件好事呢？"众人惊愕之中都认为，是老人因失马而伤心过度在说胡话，便一笑了之。

可时隔不久，当大家渐渐淡忘了这件事时，老翁家丢失的那匹马竟然又自己回来了，而且还带来了一匹漂亮的马。家人喜不自禁，邻居们惊奇之余亦很羡慕，都纷纷前来道贺。而老翁却无半点高兴之意，反而忧心忡忡地对众人说："唉，谁知道这会不会是件坏事呢。"大家听了都笑了起来，以为是把老头儿给乐疯了。

果然不出老头儿所料，时过不久，老翁的儿子便在骑那匹马的时候摔断了腿。家人们都挺难过，邻居也前来看望，唯有老翁显得不以为然甚至还有点得意之色。众人很是不解，问他何故，老翁却笑着答道："这又怎么知道不是件好事呢？"众人不知所云。

　　时过不久，战争爆发，所有的青壮年都被强行征集入伍。战争相当残酷，前去当兵的乡亲，十有八九都在战争中送了命，而老翁的儿子却因为腿跛而未被征用，他也因此幸免于难，故而能与家人相依为命，平安地生活在一起。

　　人生不可避免地有得有失，而面对得失的关键是要调整自己的心态，看待事物时，应考虑生活中既有好的一面，也有坏的一面，强调好的方面，就会产生良好的愿望与结果。

　　好事和坏事都是阶段性的，都会过去，没有人会一天到晚交好运，也没有人会一天到晚都走霉运。比如夏日的天空，有时明净蔚蓝，有时乌云一片。天空晴好，万里无云，是多么美丽，却使人身在酷暑；天空乌云密布，看上去并不美丽，但一场暴风雨却随之而来，为人们消暑，雨后天晴还伴有一道七色彩虹。"福兮，祸所倚；祸兮，福所伏"说的也就是这个道理。

　　在人生命的长河之中，遇到各种各样的"挫折"在所难免。生活中不论发生了怎样不如意的事情，只要保持积极乐观的心态，就会产生积极向上的精神动力，就能正视面临的挫折与困难，在苦累与磨难面前迸发出不屈不挠的勇气。

　　每一个人都希望自己拥有灿烂阳光的人生，但真正能够活得精彩无限、有滋有味的，却是那些始终以平静的方式回应生活的人。

1998年3月17日

欲望可有，不可贪婪

> 自古雄才多寂寞，因无求欲故荣光。
> 钱财虽是生存物，适可维持惬意长。
>
> ——题记

世界上的任何一种生命都是有欲望的，古语说："人为财死，鸟为食亡。"人不能没有欲望，不然就会失去前进的动力，特别是在竞争激烈的当今。但是，欲望有两面性，一个是天使，一个是恶魔。如果是正常的欲望，是能够推动人们不断进步的表现，一旦失控，却会把人引向贪婪，难以自拔。因为贪婪是个无底洞，你永远也填不满。

从前有座山，山里有一个神奇的洞，里面的宝藏足以使人终生享用不尽。但是，这个山洞一百年才开一次。

有一个人无意中经过那座山时，正巧碰到百年难得的一次洞门大开的机会。他兴奋地进入洞内，发现里面有大堆的金银珠宝，于是急忙往袋子里装。由于洞门随时都有可能关上，他必须动作迅速，尽快离开。

当他得意扬扬地装了满满一口袋珠宝，愉快地走出洞口后，却觉得拿得太少，于是又冲入洞中。可惜时刻已到，他和山洞一起消失得无影无踪。故事很简单，却耐人寻味。

因贪婪得来的东西，永远是人生的累赘。贪婪轻则让人丧失生活的乐趣，重则误了身家性命。生活的压力愈来愈大，脸上的笑容愈来愈少，这或许便是贪婪的代价。

上帝在创造蜈蚣时，并没有为它造脚，但是它们爬得和蛇一样快。

有一天，蜈蚣看到羚羊、梅花鹿和其他有脚的动物跑得都比自己快，心里很不高兴，便嫉妒地说："哼，脚越多，当然跑得越快！"

于是，蜈蚣向上帝祷告说："上帝啊，我希望拥有比其他动物更多的脚。"上帝答应了它的请求，他把好多好多的脚放在蜈蚣面前，任凭它取用。

蜈蚣迫不及待地拿起这些脚，一只一只地往身上贴去，从头一直贴到尾，直到再也没有地方贴了，才依依不舍地停住。

蜈蚣心满意足地看着满身是脚的自己，心中窃喜："现在我可以像箭一样飞出去了！"但是，等它开始要跑步时，才发觉自己完全无法控制这些脚。这些脚噼里啪啦地各走各的，它非得全神贯注，才能使这一大堆脚不至于互相绊跌而顺利地往前走。这样一来，它走得比以前更慢了。

任何事物都不是多多益善，蜈蚣因为贪婪，想拥有更多的脚，结果适得其反，这些脚却成了束缚它行走的绳索，代价可谓惨重。

贪婪是人性最大的弱点，它像一只恶魔，一旦附身就会让你掉进万劫不复的深渊。托尔斯泰说："欲望越小，人生就越幸福。"这句话，蕴含着深刻的人生哲理。比如一些当官的人，有权在握，受人尊重，吃香喝辣都不用愁了，可是还嫌不够，收受巨额贿赂，最终落得个进监狱的下场。大千世界，诱惑万千，如果什么都想要，欲望越大，越贪婪，人生就越易致祸。不是吗？古往今来，被难填的贪婪所葬送的人，多得不计其数。所以，远离贪婪是你在茫茫人海中不被吞噬的最好选择。

常言道：水能载舟，亦能覆舟。要使欲望朝着有利于自我发展的轨迹运行，就必须每时每刻以高尚的伦理标准要求自己，以健康的生活方式规范自己，用理性去驾驭欲望。因为驾驭欲望这匹烈马，是做人的基本功，吾等都得好好修炼才行。

1998年5月23日

远离小人避免伤害

> 百态丛生满阡陌,迎风不惧雨缠绵。
> 花枝却惧蛄来咬,远拒才得叶片鲜。
>
> ——题记

所谓小人,是指那些阴险奸诈、居心叵测的人。小人无情无义、无信无德、背信弃义,两面三刀,往往为了得到某些好处而出卖朋友,他们擅长搞阴谋诡计,时常以暗箭伤人。

武则天为了虔心礼佛,曾下令禁止屠杀牲畜和捕捞鱼虾。右拾遗张德因为喜得贵子,杀了一只羊宴请同僚,结果被前来赴宴的杜肃告发。武则天却在朝会上将告密信交给张德,还对他说:"以后请客,最好先看清人头,不要把好酒好菜拿去喂了背后咬人的狗。"这个故事告诉我们,如果你发现自己身边的人是小人,一定要尽早远离他,或者敬而远之,要保持清醒的头脑,不与小人为伍,这样才不会给小人留下陷害自己的机会。

小人一般都是极端个人主义者,他们心胸狭窄,嫉妒心强,生活中见不得他人好。你比他好,他很难受,会想办法来坏你的好事来达到个人目的。设陷阱、使绊子、搬弄是非、翻云覆雨、信口雌黄、造谣生事、无中生有、口蜜腹剑、出卖他人,这些都是小人的看家绝活儿。

诸葛亮在《出师表》中,总结了两汉成败缘由:"亲贤臣,远小人,此先汉所以兴隆也;亲小人,远贤臣,此后汉所以倾颓也。"远离小人,即"敬君子方显有德,怕小人不算无能"。这里所说的"怕小人"表达的实质是对小人的痛恨。因为小人是祸根，能使人际关系紧张，你争我斗，鸡犬不宁。

　　古话说，"宁可终岁不读书，不可一日近小人"。"终岁不读书"可能夸张一些，但是"不可一日近小人"的确是至理名言。为什么这么说呢？如果亲近没有道德的小人，听多了他们的花言巧语，见多了他们的见利忘义，自己的邪念定会日益增长，智慧也将全部灭尽，无形中带来极大的危害。所谓"近朱者赤，近墨者黑，近贤者明，近良者德，近愚者暗，近偷者贼"说的就是这个道理。只有远离小人，才不会让自己流于低俗，才能有效地避免成为小人伤害的目标，才不会有损自己的人格形象。

　　小人性格卑劣，唯利是图，落井下石，其善于捕风捉影、见风使舵的行径，并不鲜见。一些人平常看似无异，可能会在某一天神不知鬼不觉地在背后捅你一刀。那些小人往往为了获得利益，利用客观的因素，制造激化矛盾，以满足自己自私卑劣的目的。所以，当你被这个小人出卖过，认识了他的嘴脸之后，一定要远离他。小人记仇，报复心极强，而且深深埋藏在心底，甚至深入骨髓，须臾不忘，等到机会一到，立刻跳出来睚眦必报。

　　历史上有这样的记载。为大唐中兴立下赫赫战功的唐朝名将郭子仪，在"安史之乱"平定后没有居功自傲，为防小人嫉妒，他非常小心谨慎。有一次，郭子仪正在生病，有个叫卢杞的官员前来探望。此人乃历史上声名狼藉的奸诈小人，相貌奇丑，时人都把他看成是个活鬼。正因为如此，一般妇女看到他都不免掩口失笑。郭子仪听到门人的报告，立即让家人避到一旁不许露面，他独自去客厅待客。卢杞走后，姬妾们回到病榻前问郭子仪："许多官员都来探望您的病，你从来不让我们躲避，为什么此人前来就让我们都躲起来呢？"郭子仪微笑着说："你们有所不知，这个人相貌极为丑陋而内心又十分阴险。你们看到他万一忍不住失声发笑，那么他一定会心存忌恨。如果此人将来掌权，我们的家族就要遭殃了。"后来，果真卢杞当了宰相，极尽报复之能事，把所有以前得罪过他的人统统除掉，唯独对郭子仪还比较尊重。

小人无情无义，毫无诚信和良知可言，为了他自己的利益，可以把承诺当笑话，即使你对小人有恩，小人也认为你是应该的、合理的、自然的。小人的胃口大着呢，你对他的好处根本不看在眼里，更不放在心上，过后忘记那是必然的。假如你有一点没有满足小人的要求，报复不知何时就会落到你的头上。

因此，远离小人，不听小人的鼓噪，不受小人的蛊惑，可以有效地避免被小人利用，自己也会少犯错误；远离小人，不与小人为伍，工作会顺利，事业会兴旺，自己也会减少烦恼。

1983年10月27日

知足才能感受幸福

> 生活没有桃花源，花落花开又一年。
> 何以简单愉悦过，只缘心在彩云间。
>
> ——题记

《列子·天瑞》记载，孔子游泰山时，在路上遇见荣启期，见他穿着粗布衣服，以绳索束腰，边弹琴边唱歌，一副怡然自得的模样。

孔子问他："先生所以乐，何也？"

荣启期回答："吾乐甚多。天生万物，唯人为贵，而吾得为人，是一乐也；男女之别，男尊女卑，故以男为贵，吾既得为男矣，是二乐也；人生有不见日月、不免襁褓者，吾既已行年九十矣，是三乐也。"

孔子连连点头称是，又不无惋惜地说："以先生高才，倘逢盛世，定可腾达，如今空怀瑾瑜，不得施展，仍然不免遗憾。"

谁知荣启期却不以为然地说："古往今来，读书人多如过江之鲫，而能飞黄腾达者才有几人？贫穷是读书人的常态，而死亡则是所有人的归宿，我既能处于读书人的常态，又可以安心等待人最终的归宿，还有什么可遗憾的呢？"

孔子听了说："善乎！能自宽者也。"这就是"知足者常乐"的典故。

有一个人生前善良且乐于助人，所以死后升上天堂做了天使。他当了天使后，仍时常到凡间帮助人，希望感受到幸福的味道。一天，他遇见了一个王子。王子年轻有为，英俊潇洒，有才华且富有，妻子美貌而温柔，但他却过得不快活。天使问他需要什么，王子说："我什么都有，只欠一样东西，你能够给我吗？"天使回答说："可以，你要什么我都可以给你。"王子直直地望着天使说："我要的是幸福。"这下子把天使难倒了，天使想了想，说："好，我明白了，我能给你幸福。"天使先是拿走了王子的才华，然后又毁去他的容貌，最后夺去了他的财产和他妻子的性命。天使做完这些事后便离去了。过了一个月，天使回到王子的身边，此时的王子面容极丑，穿着破烂的衣裳，躺在大雪纷飞的大街上，又冷又饿。于是，天使把他以前的一切又还给了他，然后又离去了。半个月后，天使再去看王子。这次，王子在皇宫里幸福地搂着妻子，不住地向天使道谢，因为他得到幸福了。

人总是这样，一定要等到失去后才会珍惜自己所拥有的。人们之所以感觉不幸福，是因为当幸福来临的时候自己常常浑然不觉，即便是别人投来羡慕的目光，依然不知道珍惜自己所拥有的幸福，反而让幸福白白地从自己手指间溜掉，到了最后，只剩下挥之不去的痛苦。一个在没有失去的时候就知道珍惜的人，才是真正幸福的人！

一位国王总觉得自己不幸福，传说只要得到幸福的人的衬衫就能得到幸福。于是他就派人四处去寻找一个感觉幸福的人，然后将他的衬衫带回来。寻找幸福的人碰到人就问："你幸福吗？"回答总是说"不幸福，我没有钱？""不幸福，我没亲人。""不幸福，我得不到爱情……"就在他们不再抱任何希望时，从对面被阳光静照着的山冈上，传来了悠扬的歌声，歌声中充满了快乐。他们随着歌声找到了那个唱歌的人，只见他躺在山坡上，沐浴在金色的暖阳下。

于是寻找幸福人问他："你感到幸福吗？"

"是的，我感到很幸福。"

"你的所有愿望都能实现，你从不为明天发愁吗？"

"是的。你看，阳光温暖极了，风儿轻柔，我肚子又不饿，口又不渴，蓝天白云，大地又是如此宽阔，我躺在这里，除了你们，没有人来打搅我，我有什么不幸福的？"

"请将你的衬衫送给我们的国王，国王会重赏你的。"

那个人回答说："我很穷，根本买不起衬衫。"

《佛教遗经》云："知足之人，虽卧地上，犹为安乐；不知足者，虽处天堂，亦不称意。"可见幸福与财富无关，与地位无关，与事业无关。只有知足，才能感受到幸福。

2000年9月18日

做好一件事

> 山色空明风景胜，流连幻境不留痕。
> 旅途可遇诸多事，情有独钟扎下根。
>
> ——题记

人生短短几十年，想把什么事都做好，那就什么事都做不好。只有认认真真地做一件事，才有可能把事做好。

有这样一个传说，说的是有那么一只鸟儿，他一生只唱一次，那歌声比世界上一切生灵的歌声都更加优美动听。从离开巢窝的那一刻起，它就在寻找着荆棘树，直到如愿以偿，才歇息下来。然后，他把自己的身体扎进最长、最尖的荆棘上，便在那荒蛮的枝条之间放开了歌喉。在奄奄一息的时刻，它超脱了自身的痛苦，而那歌声竟然使云雀和夜莺都黯然失色。这是一曲无比美好的歌，曲终而命竭。这只小鸟儿是可敬的，一生只为做好一件事——那就是用生命唱出世间最美的歌。

世界著名的昆虫学家法布尔，一生也只做了一件事，那就是研究他的昆虫。有一位青年苦恼地对他说："我每天不知疲倦，把自己的全部精力都花在我爱好的事业上，可结果总是收效甚微。"法布尔赞许地对他说："看来你是一位献身科学的有志青年。"这位青年听了法布尔的赞许，兴奋地说："是啊，我爱好科学，也爱好文学，对音乐和美术也很感兴趣，我把自己几乎所有的时间都用在这些爱好上了。"这时，法布尔从口袋里拿出一块放大镜，把阳光聚焦在一个点上，然后对青年说："试着把你的精力集中到一个焦点上，就像这块放大镜一样。"法布尔正是把自己的时间和精力都聚焦在研究昆虫这个点上，所以才有了昆虫学方面卓越的成就。

　　法国作家莫泊桑小时候曾在福楼拜面前自信地说："我上午用两个小时来读书写作，再用两个小时弹钢琴。下午，我用一个小时向邻居学习修理汽车，用三个小时练习踢足球。晚上，我会去烧烤店学习怎样制作烧鹅，星期天则去乡下种菜。"说完后一脸得意。福楼拜听后笑了笑说："我每天上午用四个小时来读书写作，下午用四个小时来读书写作，晚上我还会用四个小时来读书写作。"福楼拜接着问，"你究竟有什么特长，比如有哪样事情你做得特别好？"这下，莫泊桑答不上来了。于是他便问福楼拜："那么，您的特长又是什么呢？"福楼拜说："写作。"原来特长便是专注地做好一件事情。于是，莫泊桑下决心拜福楼拜为文学导师，一心一意地读书写作，最终取得了丰硕的成果。他一生创作了6部长篇小说、359篇中短篇小说及3部游记，是法国文学史上短篇小说创作数量最多、成就最高的作家，被誉为"世界短篇小说之王"。

　　专注于一件事，看似简单，其实是对毅力与恒心的考量。成功学上有个著名的"两万小时理论"，即经过两万小时锻炼，任何人都能从平凡变成卓越。可以想象，两万小时的锻炼是怎样的漫长、枯燥、无趣，甚至绝望。但是，如果以责任、兴趣为动力，把这两万小时分解到活着的每一天，也只要每天半小时、一小时而已。凡人皆能做到，成功并非遥不可及。要知道，每天学习一点点是进步的开始，每天进步一点点是成功的开始，每天成功一点点是辉煌的开始。

　　法国大画家雷杜德一生只画玫瑰，任凭环境如何变化，时代如何更替，他都心无旁骛，只管画他的玫瑰。他一生记录了170多种玫瑰的姿容，组成了《玫瑰图谱》画册，在此后的180多年里，以各种语言和文字出版了200多种版本，平均每年都有新的版本问世。雷杜德，他一生只做了一件事，那就是画他的玫瑰，但他画的玫瑰成了画中的极品，无人能够逾越。

福耀玻璃集团创始人、董事长曹德旺，从1987年成立福耀玻璃集团起，只专注做玻璃一件事，把玻璃做到了极致。2009年5月，曹德旺登顶企业界奥斯卡之称的"安永企业家奖"，成为首位华人获得者，是世界最具影响力的十大华商人物企业家之一。

一辈子只要做好一件事，说到底，就是用专注的力量。如果十八般武艺都想学，那就会是没有一件事能精通。做好一件事，和样样事都做的人对比，同样的忙碌，做一件事的人往往功成名就，而十八般武艺都学的人，只有虚名。是老天不公平吗？当然不是，问题出在自己身上。不知道自己箭靶的位置，你就永远无法射中它！没有目标，你再忙碌也是白搭。一个人的职业生涯和精力十分有限，利用这有限的精力，在有限的时间里专注地做好一件事，用决心和毅力做好一件事，就很有可能从众人中脱颖而出。

2010年8月11日

桂花飘香

九月是开花的时节,你姗姗来了,在山脚村头,在公园花圃,你绿得发黛,你挺得更坚。巍然的身上缀挂着数不清的、金灿灿、银亮亮的花蕊,在万丛中一展你的姿彩。你的花很小,很不起眼,可你懂得团结的意蕴,一朵朵紧紧地依偎在一起,汇集成一团团的群体,组成蔚为壮观的胜景。近看,花团锦簇;远眺,金碧辉煌。

你总是如期赴约,不用呼唤,一到你的节日,你早早地准备好一身艳装,在同一个时日容光焕发地竞相开放。你使秋季显得丰姿足韵,楚楚动人。

哪里有你的身影,哪里的空气就充盈着馥馨。风来了,你请她捎去给远方人的阵阵芬芳……

你无所奢望,只讲奉献。年年复年年,一年香于一年,青年旺,壮时繁,老来更香,愿人生能和你一样!

1992年12月12日

无名草的愿望

　　我只有一个愿望——用自己生命的绿去点缀大地；我只有一个梦想——用自己的生机，去照耀希望的光芒。我没有丽质的长相，有的只是纯洁的心灵；我没有很高的欲望，有的只是广博的胸膛。

　　我没有娇姿的丽质，只有那无歌的野性；我没有奢侈的愿望，只有广博的胸膛。我不挑选出生的地方，茫茫四野都是我的家乡，山间、石罅、田埂、路旁，无处不摇曳着我绿色的光华。

　　严冬中我孕育新芽，早春里我泛出鹅黄，我要生长，不停地生长。车马碾压我的筋骨，是我锻造内力的考验；人们的切割，牛羊的啃啮，展示我对大千世界一点爱的奉献。我能再生，我能再长，我追赶阳光，我要向上！

　　秋寒收走我的绿装，冬雪将我的身躯埋藏，寒凝大地，我的根系扎得更深、更牢、更实、更坚，但愿春天的希冀温暖着我的心房——待到春风浩荡，又是一片如海的绿浪。

1980年11月18日

这个世界我爱过

我爱春天的百花
我爱秋天的田野
我爱晚霞映红的山川
我爱天上的云朵
我爱日月，我爱万物

我在天空下行走
脚下的路都是温暖的
我的眼中有爱，我的心中有景
我见慈悲，万物亦是慈悲
我见美好，一切皆是美好

这个世界我爱过
每一寸光阴都是真实的
每一个梦想都是滚烫的
纵然前路有崎岖
纵然风雨会来临
但我，总是勇往的
正直、善良、谦虚
因为爱着，我亦是这世界
这世界，亦是我

跋

有人说过这样的话:"写书是一桩消耗精力的苦差事,就像生一场痛苦的大病一样。你如果不是由于那个无法抗拒或者无法明白的恶魔的驱使,你是绝不会从事这样的事。"这话说得太精辟了,我是深有体会。

我喜欢写作,从最早写广播稿开始。那时,我站在广播下,一旦听到"王小艾报道"时,心里就乐开了花。后来,写新闻、报告文学、杂文、散文、诗歌、小说,虽然写得很一般,但得到了众多报刊编辑老师们的抬爱,我的"豆腐块"时常亮相,让我感到写作也其乐无穷,不经意间便写了四十几年,积下了百万余字的宝贝。友人们劝我把这些文章收集起来出书。我想,报刊已登载过这些文稿,再把这些文字集结出版,还有意义吗?在朋友们的鼓励下,我试着把这些文稿发给了几家出版社,结果全部通过审核,这给了我极大的鼓舞。

一直以来,我都在思索生命存在的意义这个问题。生命是一个高深莫测、偌大的哲学论题,思来想去,才明白,这个问题是不必刻意去思考的,是用心去观察和体会的。如此,才会明白生命的真谛在于何处。

每个人都播种过希望,也都期望着收获梦想。然而,在追寻梦想的过程中,一定会有坎坷与挫折,我一次次驻足于坎坷,深思那挫折,依恋着真情的抚慰,抓住自己的灵魂,感念生活的点点滴滴。最终,我将阳光中的遐想、雨中的思索、孤独中的沉思和着自己的心灵,倾诉于稿纸的方格中。我收获了一篇又一篇令自己心旌摇荡的散文。因为,生活给予我的实在太多，爱与恨，使我的心灵变得澄澈；喜与悲，使我的情感变得真切；得与失，使我的性情变得宁静；伤与痛，使我的思想变得深刻……我执着于文字，从而感受到自己人性的升华、生命的流动；领悟到生的意义、爱的真谛。篇篇散文，是我被情感的浪涛击打着的心湖；是我的快乐、悲哀、骄傲、委屈；是我的泪迹；是我的心路历程和感性、理性的世界。

写作滋润我的生命，使我的心境得以平衡，使我的心灵找到栖寄，使我成为自己生活的编剧，排演出坦荡、真实的人生，使我拥有了自己，进而无愧于读我的人们。

记得巴尔扎克说过，"我们的心是一座宝库，一下子倒空了，就会破产"。我想，只要真实地活着，自己的心灵的宝库就不会倒空。纵然时刻倾尽所有，也决不会成为"破产者"。所以，我要把生命中对美的永恒追求注入不懈的生活与写作中，让人性在最高的天空中放射出光辉。让这光辉照着自己脚下的路，更愿这光辉能给人们以思索和启迪。

记得2010年的正月初五，我非常荣幸能和王宏甲老师一同在建阳的大街上举办签名售书活动。最感人的是，王宏甲老师患病初愈，晚上仍坚持在街上陪我们吃快餐，继续售书，而且是寒冷的天。当时我不理解，他说："一百多年前，建阳有一群少年到建瓯学堂读书，回到建阳后，建阳的人还在沉睡中。这群少年自发组成晨呼队，天刚蒙蒙亮，他们就踏着晨露，走在建阳的大街小巷，高呼'天亮了！起床了！'。我们现在做的正是这样一件事啊！"宏甲老师这是要让我们用实际行动，唤起人们对读书的热情。

现在，我把四十余年来收藏在"宝匣"里的文字，选出一些来集结出版，不也是在做这样一件事吗？

我希望自己的足迹能如仲秋的桂花，留下一缕馨香。只要让这香常留于生命的顶端，让路过的人赞赏这香、留恋这香，自会感到自己生命的充盈。这就是我出版《这个世界我爱过》的心路。

感谢王宏甲老师、少木森老师、张蓉蓉老师、王振龙老师、徐雄伟先生对我的热情支持和鼓励！

王小艾

2022年10月20日